Yvonne
Vera

Eine Frau
ohne Namen

Zu diesem Buch

Die junge Mazvita verläßt ihr Dorf und sucht in der Hauptstadt die verheißungsvolle Freiheit. Auf dem Weg dorthin lernt sie Nyenyedzi kennen, bleibt aber nicht bei ihm, da sie in Harare ein unabhängiges Leben zu finden hofft. Dort genießt sie gemeinsam mit Joel zunächst ein ungebundenes Dasein, frei von einengenden Traditionen. Als sie jedoch merkt, daß sie von Nyenyedzi schwanger ist, jagt Joel sie weg. Verzweifelt nimmt Mazvita den Bus zurück in ihr Heimatdorf.

»Yvonne Vera gelingt es, in poetischer Verknappung Bewußtseinsfetzen zu fassen, die von immenser Verzweiflung zeugen.« *Der Tagesspiegel*

»In einer dichten, intensiven und poetischen Sprache entsteht das Bild einer sensiblen Frau, die oft nicht weiter weiß, aber die weitergeht bis an die Grenzen der Hoffnung.« *LiteraturNachrichten*

»Yvonne Vera hat eine neue Sprache, einen neuen Tonfall gefunden.« *Erklärung von Bern*

Die Autorin

Yvonne Vera wurde 1964 in Bulawayo (Zimbabwe) geboren. In Kanada promovierte sie über das »Gefängnis des kolonialen Raums«. Heute lebt sie wieder in Bulawayo, wo sie die Nationalgalerie Zimbabwes leitet. 1994 erhielt sie den Commonwealth Writers Prize.

Yvonne
Vera

Eine Frau ohne Namen

Aus dem Englischen von
Hilde Schruff

Unionsverlag
Zürich

Die englische Originalausgabe erschien 1994
unter dem Titel *Without a name*
bei Baobab Books, Harare, Zimbabwe.
Die deutsche Erstausgabe erschien 1997
im Marino Verlag, München.
Die Übersetzung aus dem Englischen wurde mit
Mitteln des Auswärtigen Amtes unterstützt durch
die Gesellschaft zur Förderung der Literatur
aus Afrika, Asien und Lateinamerika e. V.

Für meine Mutter
und ihre Mutter

Unionsverlag Taschenbuch 136
Diese Ausgabe erscheint mit freundlicher Genehmigung
des Marino Verlags, München.

Rieterstrasse 18, CH-8059 Zürich
Telefon 0041-1 281 14 00, Fax 0041-1 281 14 40

Umschlaggestaltung: Heinz Unternährer, Zürich
Umschlagbild: Willie Bester,
»Taxi War« (Ausschnitt)
Druck und Bindung: Clausen & Bosse, Leck
ISBN 3-293-20136-9

Die äußersten Zahlen geben die aktuelle Auflage
und deren Erscheinungsjahr an:

1 2 3 4 5 - 02 01 00 99

1

Hitze marterte die aufwärts gerichteten Gesichter.

Der Bus war wütend rot. Haut nahm die Farbe dunkler Malven an. So heiß war es an diesem Tag. Die Gesichter drängten und hasteten mit schimmernden Stimmen um den Bus herum. Die großen, schwarzen Reifen waren gelb vom gesammelten Staub. In den breiten Furchen der Reifen war getrockneter Lehm. Kleine Steine sahen aus dem Lehm hervor. Dicke Schichten brauner Erde bedeckten die Fenster und den Rest des Busses, doch er leuchtete immer noch rot. So rot war er. Er war so bemerkenswert rot, daß er lebte.

Mazvita trennte sich vom wartenden Rot des Busses. Die Farbe war so scharf, daß sie wie ein Blitz in ihre Gedanken einschlug. Gnadenlos, dieses Rot. Es war überall, und knackte die weißen und schwarzen Schalen ihrer Augen. Die Hitze krachte unter ihren Füßen. Sie trat zurück. Sie stand abseits. Nervös wartete sie darauf, daß die Bustüren sich öffneten. Sie sah auf die Tür, die gegen ihren Eintritt fest verschlossen war. Der Bus stand in einem flimmernden See aus aufsteigender Hitze und Staub. Der Staub saugte das Wasser aus ihren Augen.

»Wollen Sie nichts auf den Bus packen lassen?« schwang die Stimme zu ihr. Sie wartete nicht auf eine Antwort, sondern fegte an ihr vorbei und landete auf dem bebenden Busdach; sie gehörte einer beweglichen, schwarzen Figur, die Betten, Hühner in Käfigen, Maissäcke, Stühle und Tische befestigte. Der Haufen auf dem Bus wuchs stetig. Der Bus schwankte, und sackte. Der Bus stand still. Ein lauter Schrei erklang durch die Luft und wies auf eine Matratze, die beinahe heruntergefallen war. Die Figur des Schaffners verließ das eine Ende des Busses und glitt nach hinten, zog kräftig an etwas, das grau und schwer herunterhing, rettete es und knotete es auf das Dach.

Mazvita sah die Gesichter hasten und hörte ein Summen wie von kochendem Wasser. Die Stimmen wirbelten wie eine Flut zu einer Seite des Busses, an der noch Platz war für ein Gepäckstück. Ein Bett wurde zum Dach heraufgereicht, herangeholt und befestigt. Es war verloren zwischen den vielen Dingen, die dort schon um Halt kämpften. Knirschend hasteten und drängten die Stimmen. Schreie näherten sich einander, wurden laut und wichen zurück.

Mazvita spürte die durchdringende Hitze, die sie mit den sirrenden Stimmen umgab und das rote Leuchten vom Bus in ihr Gesicht trieb. Die bedrohliche Farbe verteilte sich über ihre Arme und fand ihre Finger. Sie stand still. Sie stand nahe am Busunterstand, nicht aber unter ihm: Ein Metalldach, das von vier hohen Holzpfählen gehalten wurde. Sie stand still. Sie stand neben einem Pfahl. Draußen. Sie stand draußen. Sie stand allein.

Unter dem dämmrigen Dach hatten Kinder auf die kleineren Gepäckstücke achtzugeben, die im Bus verstaut werden sollten. Ihre Aufmerksamkeit richtete sich jedoch auf anderes, sobald ihre Mütter von der lebhaften Farbe des Busses eingehüllt waren. Sie explodierten. Sie rannten um das Dach herum, kreischten und stoben auseinander. Sie lachten, weil eines von ihnen hingefallen war. Der Unterstand war voll von ihrer Fröhlichkeit. Sie retteten sich gegenseitig aus der Umarmung umgefallener Taschen, die, bis zum Rand gefüllt, beim Umkippen aufrissen. Ein roter Schal lag zertrampelt auf dem Boden. Er schlang sich um einen nackten, kleinen

Fuß, und die Figur fiel wieder mit einem verknoteten Schrei. Die Kinder aber hatten das Geheimnis ihrer Freiheit entdeckt; sie brauchten weder vorsichtig noch zurückhaltend zu sein. Es gab kein Halt in ihrer Freude, die in einer anhaltenden Stimme widerhallte, ein zartes, feines Schwingen, natürlich und klar. Die Kinder fanden Lücken zwischen den Sonnenstrahlen und rannten durch sie hindurch. Ihre kleinen Körper waren geschmeidig auf trippelnden, flirtenden Füßen, und ihre schwankenden Stimmen umarmten ihr Verlangen nach wundervollen Entdeckungen. Sie fanden schmale und unbegangene Wege. Die Kinder hatten eine grenzenlose Beharrlichkeit zu träumen, und die fließende Fähigkeit, in weiten und fernen Räumen zu stöbern. Sie waren Kinder.

Sie tauchten auf aus ihrem Entkommen in einem Gewirr von Freude. Ihre Gesichter waren in Fröhlichkeit gehüllt und hell von ihren märchenhaften Reisen. Sie hielten ihre offenen Hände über ihre Köpfe und sammelten die Freude, die von der Sonne kam, die an ihren Hälsen herunterrann. Blaue Eidechsenschwänze verschwanden unter dem grauen Dach des Unterstands und entschwanden zwischen ihren Fingern, die zum Himmel reichten. Sie rannten glucksend unter das Dach zurück, und ihre heißen und prickelnden Finger waren immer noch überrascht. Sie füllten ihre Träume mit ungeformten Wünschen, zaghaftem Streben und scheuem Glück. Sie sonnten sich in der erfrischenden Zärtlichkeit von unschuldiger und ungetrübter Freude. Dann fielen sie auf die aufgerissenen Taschen und in einen ungestörten Schlaf.

Das Kreischen drang zu Mazvita, kletterte über ihre Schulter auf ihren Rücken und wich zurück. Sie spürte ein grausames Hämmern über ihre Stirn ziehen und hob eine kraftlose Hand, um das Wasser von ihrem Gesicht zu wischen. Tropfen liefen hinter ihren Ohren entlang, glitten langsam weiter und tröpfelten über ihre Schultern zu ihrem Rücken. Das Wasser folgte einem verschlungenem Weg über ihre müde Haut. Sie strich mit dem Rücken ihrer rechten Hand über ihren Hals und verteilte den warmen Schweiß über ihren Arm, über die lose Haut. Ihr Hals war verdreht. Ein Knochen am unteren Ende ihres Halses sagte ihr, daß ihr Hals gedreht und gedreht worden war, bis er keinen ruhigen Ort mehr finden konnte. Ihr war das Genick gebrochen worden. Sie spürte ein grausames Stechen wie zerbrochenes Glas auf ihrer Zunge, auf der sie Fragmente ihres Daseins trug.

An ihrem Hals wuchs ein Knoten. Mit dem Knoten wuchs ein Zusammensacken, so daß ihr Körper, der dem schweren Knoten folgte, sich nach links beugte. Sie konnte nicht einmal mehr ihren Speichel schlucken, der sich zu einem großen Knoten in ihrem Hals ballte. Alles, was sie schluckte, bewegte sich zu einer Seite ihres Körpers. Sie hatte ihre Mitte verloren, die Mitte, in der ihre Gedanken einen Anker gefunden hatten. Sie war erstaunt, wie schnell die Vergangenheit verschwand.

Der Knoten hatte ihre Gedanken verschluckt, entschied sie. Der Knoten war Schuld an ihrer Unfähigkeit, klare Gedanken zu denken. Er schwoll endlos, dieser Knoten, und sie brachte ihren Kopf näher zu ihrer hängenden Schulter, als brauchte sie einen neuen Blick auf ihre Wirklichkeit, einen möglichen Gewinn. Ihre Augen waren still und unter ihre Augenlider geschlagen. Sie sah sich ihre Wirklichkeit an. Ein ungewöhnlicher Anblick war vor ihr erschienen, griff nach ihrem Gesicht und schmierte es mit Lehm ein. Der Lehm war in bösen, gleichmäßigen Strichen über ihrem ganzen Gesicht getrocknet, über ihre Lippen, ihre Stirn, und hielt sie in einem verwirrten und rasenden Starren.

Sie rieb einen Ellenbogen sanft mit ihrer Hand und wartete besorgt. Der Knoten lag zwischen ihrem Ohr und ihrer Schulter. Sie spürte, wie er dort wuchs, nach außen drängend. Sie zweifelte nicht daran, daß sich ihr ganzer Körper langsam in diesen Knoten hineinbewegte. Schließlich würde sie sich umdrehen und sehen, daß ihr ganzes Dasein sie verlassen hatte und in den Raum neben ihren Hals geeilt war, denn sie hörte Stimmen dort. Sie hörte einen leisen, sterbenden Schrei. Die Finger an ihrer linken Hand krümmten sich langsam nach oben.

Ihre Haut blätterte ab und löste sich von ihrem Körper. Sie hatte so viel gelitten, daß ihre Haut gnadenlos auf den Boden zu fallen drohte. Sie hing an ihrem Hals herunter, an ihren Armen, an ihrem ganzen, schweigenden Körper. Die Haut löste sich von ihr in der durchdringenden, trockenen Hitze. Sie spürte, wie sie sich von ihren Schultern löste. Sie schrie, ihre Arme und Ellenbogen waren bloß. Mit ihrem Schrei zerriß der Himmel, eine dunkle Wolke schob sich plötzlich über ihre Augen und machte sie blind. Die Haut fiel von ihrem Rücken. Sie blieb nackt und bloßgestellt zurück. So bloß an ihrem Rücken.

Sie lehnte sich zurück. Ihre Augen waren erstaunt.

2

Sie hatten gesprochen, inmitten der Pilze.

Die Pilze standen bescheiden unter dem verrottenden Stamm, von dem ein Stück unter der Erde begraben war. Sie hatte sich gebückt und die Pilze ängstlich berührt. Sie hatte ihre schwebende Schönheit berührt, denn sie sahen aus, als würden sie jeden Moment zerbrechen, sahen aus, als warteten sie darauf, bei einer Berührung zu zerbrechen. Sie waren weiß zwischen dem kalten, schwarzen Schatten, der feuchten Erde, der Verrottung. Sie waren strahlend weiß wie Tropfen von Tageslicht. Ihr Rand berührte die Erde mit einer geschwungenen, weichen Schale. Die dunkle Erde wuchs drohend über den fedrigen Schutz der Pilze.

Mazvita war vom hellen Licht in den Schatten gegangen, und der Schatten war so unerwartet und schwer wie Wasser, das ihr über die Arme und ihren ganzen, wartenden Körper geschüttet wurde. Sie schauderte von dem Wasser, das vom Baum herunterfiel, nicht als Tropfen, sondern in einem plötzlichen Guß. Wie die Pilze, die sie entdeckte, als sie ihr Gesicht lachend und fröhlich umdrehte und versuchte, ihn zu finden. Das Wasser zog an ihren Armen mit großen und schweren Wellen. Es fühlte sich schwer an auf ihren Armen. Sie ging erwartungsvoll auf den Stamm zu.

Ein üppiges Grün verteilte sich auf dem Boden. Es war feucht dort, und die Erde war weich. Der hohe Baum schimmerte mit großen, breitadrigen Blättern. Die Blätter waren runde Bruchstücke von grünem Mond. Der Stamm stand fest und gerade mit seiner glatten, grauen Oberfläche. Die Rinde wand sich in immer enger werdenden Kreisen wie eine Spirale zum Boden und verschwand in einem Hügel verwobener Wurzeln, die verärgert aus dem Boden stießen. Zwischen den Wurzeln, die kleine Kanäle und Becken bildeten, stand etwas Wasser, und darin schwamm ein Schwarm brauner, verrottender Blätter. Äste wuchsen aufwärts, wurden flach, streckten sich und bildeten einen weiten, dunklen Kreis, einen großen Schirm. Ihre

Schultern erschauerten vor der unerwarteten Kälte. Sie schaute auf zu den dichten Blättern, wo kein Himmel war. Der Schatten reinigte sie. Es war kein Himmel unter dem Baum.

Das Lachen machte sie neugierig und leichtsinnig. Es erweckte den Wunsch in ihr, die Pilze herauszuziehen. Und so streckte sie ihren Daumen und Zeigefinger aus – sehr vorsichtig – und berührte den weichen, samtenen Kopf. Sie berührte ihn so sanft und spürte schon die Rillen darunter, zart. Die obere Fläche war so glatt, daß ihre Finger über den Kopf und an den Rillen entlangglitten und auf den dünnen, polierten Stengel trafen. Weich. Dann nahm sie den Stengel fest, aber sanft in die Hand und zog fest, aber sanft. Die Erde gab weich nach. Es gab nichts Schöneres, als den Pilz herauszuziehen. Er akzeptierte ihre zärtliche Hand und folgte ihr mit einem langsamen Beben. Der Stengel wuchs ihr aus der Erde in die Hand. Weiß. Der Hals war glatt und wartend und weich. Das Weiche blieb zwischen ihren Fingern, glitschig und flüchtig. Die Erde kroch unter ihre Nägel.

Erst als sie ihn in ihrer Hand liegen hatte, sah sie die braunen Flecken in den Rillen. Die Flecken, die auch auf der glatten Oberfläche des Pilzes zu sehen waren. Ein trauriges Braun, unerwartet. Die Farbe verteilte sich über den Hals. Sie spürte den Verlust von dem Weiß und sehnte sich nach der hellen Sonne, weg vom kalten Schatten. Über sich hörte sie die Blätter leise aneinander streichen. Sie hielt den Hals des Pilzes zwischen ihren Fingern. Sie sah auf und suchte hinter den kalten Blättern nach einem wartenden Himmel.

Nyenyedzi holte sie ein. Sie sah ihn herankommen und reichte ihm den Pilz. Er nahm ihn und zerdrückte ihn, zerdrückte seinen weichen Kopf.

»Er könnte giftig sein«, sagte Nyenyedzi. Er zerdrückte den Pilz mit seiner rechten Hand in ihrer Handfläche. »Ich werde für dich Pilze suchen, wenn du welche möchtest. Diesen Pilz kann man nicht essen.«

»Ich wollte ihn nicht essen«, zuckte sie mit den Schultern. »Ich wollte ihn nur berühren. Es fühlte sich so gut an, ihn in der Hand zu halten. Warum hast du ihn zerdrückt?«

»Es gibt viele unter dem Stamm.« Er trat nach dem Stamm. Der zerfiel, wurde hohl. Bröckelnde Stücke fielen auf die weichen Köpfe der Pilze und befleckten sie. Sie wollte die Pilze an sich nehmen. Sie streckte ihre Hand aus, bewegte sich aber nicht. Sie dachte an den Pilz, den er zerdrückt hatte. Sie streckte eine zitternde Hand aus. Sie war hoffnungsvoll.

Er gab ihr einen Namen. Er erinnerte sie an das, was sie gemeinsam gefunden hatten, denn er hatte sie in seinen Armen gehalten und sie war ihm entgegengewachsen, aus der Erde in seine Hand gewachsen.

Es war nicht schwierig.

Das Feuer, das sie spürte, erstaunte sie, weil danach nur eine zögernde, feuchte und zarte Wärme unter ihr war. Sie roch die verrottenden Blätter um den verfaulten Stamm und behielt den zerdrückten Pilz in ihrer Hand, während sie auf ihn wartete und er sie fand. Der Stengel war noch ganz, ein geschlossener, runder Hals. Sie war froh, daß er den Hals nicht zerbrochen hatte und hielt ihn fest in ihren Fingern. Ihre Handfläche wurde warm.

Er berührte sie an ihrem Halsansatz, über ihren festen Brüsten. Sie faltete ihren Arm über seinen Rücken und legte ihre Hand dort hin. Ihre geschlossene Hand lag auf seinem Rücken, und dünn tröpfelnder Schweiß begegnete ihren Fingern. Mit ihrer anderen Hand sammelte sie die Wärme unter seinem Arm und verteilte sie langsam und bewußt über seinen Rücken. Sie horchte. Sie hörte die Blätter still werden. Sie horchte. Sie hörte ihn »Howa« murmeln. Sie war sicher, daß er gerufen hatte. »Hast du mich so genannt?« fragte Mazvita erfreut, überrascht, sich sehnend.

»Ich erinnere mich nicht. Habe ich dich so genannt?«

»Du hast Howa gesagt, zweimal. Ich bin sicher, daß du es gesagt hast. Hast du mich so genannt?«

»Ich habe dich gerufen ... Howa.« Er lachte.

In der Zukunft rief Nyenyedzi diesen Namen auf, wenn er sie umarmen wollte. Wie heute. Sie dachte jedesmal an den fleckenlosen, weißen Pilz, den sie nicht gefunden hatte.

Er umarmte sie. Er brachte ihr weiche, sterbende Pilze. Die, die sie gefunden hatte.

3

Die weißen Tücher hingen an der Straßenecke. Mit zwei Holzklammern war eins der großen, viereckigen Tragetücher an ein kurzes Stück Draht zwischen zwei Pfähle gehängt. Einer davon war eine Parkuhr, die mit rotem Blitz »abgelaufen« anzeigte. Ein hellrotes Auto parkte dort. Der andere Pfahl war der Arm eines kleinen Jungen. Er stand, als hätte er ein Geheimnis. Er stand trotz dieser anstrengenden und eintönigen Aufgabe ziemlich still. Er stand, als hätte er Angst, sich zu bewegen. Die Verkäuferin warf ihm unfreundliche Blicke zu. Er hielt ein Ende des weißen Tuchs weit ausgebreitet. Der Wind wehte gegen die andere Seite, so daß das Tuch sich nach innen blähte, als erwartete es das Baby.

Das Rückenteil des Tragetuchs hatte dicht beieinanderliegende Nähte, so daß es wie eine gepolsterte Stütze war. Das Rückenteil war gestärkt und rissig wie Rinde. Irgendwann hatte die Schneiderin kein weißes Garn mehr gehabt und schwarzes gebraucht. Dieses schwarze Garn zog sich verzweifelt im Zickzack am Rand des weißen Tuchs entlang. Es sollte hübsch aussehen, doch der unerwartete Kontrast der Farben löste einen fragenden Blick aus, überraschte einen.

Der Junge hatte den unteren Teil dieses ungewöhnlichen Tragetuchs an sein rechtes Bein geknotet. Er stand einfach da, als wäre er dafür geschaffen. Seine Füße waren fest auf den Boden gepflanzt. Sein Haar stand stolz und unabhängig auf seinem Kopf. Ein Arm hing kraftlos über der Tasche seiner zerrissenen Shorts. Man hätte zu ihm hingehen und eine Münze in sein Ohr stecken können. Er war so groß wie die Parkuhr und ebenso starr. Die Parkuhr war silbergrau, der Junge auch. Vielleicht hatte er seit Tagen, Monaten, oder seit Jahren nichts gegessen – er war fast so dünn wie die Parkuhr. Das weiße Tuch setzte sich grell von dem dünnen Jungen und seinem matten, grauen Gesicht ab.

Die Leute drängelten und schubsten, als könnten sie nicht sehen. Es war 1977. Man konnte nichts anderes tun, als vorwärts zu drängeln. Mazvita ging schnell durch die unbewegten Gesichter hindurch, in einem eigenen Tunnel, in dem es dunkel und verzweifelt eng war. Sie folgte ihrem Kopf durch den Tunnel und begegnete einer hohen, verzehrenden Dunkelheit, in der sie sich nicht umdrehen, nicht sprechen und nicht sehen konnte. Sie konnte ihrem Kopf nicht mehr folgen, weil der Schmerz drohte, ihren ganzen Körper zusammenfallen zu lassen, sie im Boden zu versenken und zu begraben. Sie hielt ihren Kopf mit einem festen, doch unerklärlichen Blick.

Innerhalb von Sekunden wurde sie blind. Die Blindheit stieg aus ihrem Inneren auf und überwältigte ihr ganzes Gesicht. Sie sprach nicht mehr. Stumm und verwundet ging sie durch die Straßen und weinte. Ihr Weinen fiel als stille Tropfen in ihre offenen Hände. Schauer füllten die Straßen, ihre Tränen.

Mazvita bog am Ende der Straße in eine andere Straße ein, und die Tücher begrüßten sie. »Tücher Amai! Tücher Amai!« rief eine behäbige, geschäftstüchtige Frau ihr sofort zu, als hätte sie auf sie gewartet. Es war die erste Stimme, die Mazvita seit dem Morgen erkannte. Die Stimme war ungeduldig, sie drängte.

Während Mazvita das Tuch kaufte, blieb sie still und nervös. Ihre Finger zitterten und wußten noch nicht, ob sie gestehen oder flüchten sollten. Manche Wahrheiten sehnen sich nach dem gleichgültigen Gesicht einer Fremden. Diese Wahrheiten lieben ein Teil des Gesichts, zwischen Stirn und Hals. Es gibt nichts, was man von einem Gesicht behält, mit dem man keine Nähe geteilt, zu dem man keine Zuneigung empfunden hat. Es gibt nichts, das Fremde einem nehmen können, überhaupt kein Risiko, von den Gefühlen der anderen angesteckt zu werden. Es gibt keine gemeinsame Geschichte, es werden keine Versprechungen gemacht, keine Hoffnungen heraufbeschworen oder bestätigt. Ein Gesicht, ungewöhnlich maskiert, verspricht Freiheit.

Das Tuch war aus starkem Baumwollstoff. In dieser Angelegenheit konnte Mazvita nichts dem Zufall überlassen. Sie hatte mit Bedauern vier einsame Silbermünzen aus dem schmutzigen Taschentuch genommen, das sie in einem zerknülltem Bündel in ihren Fingern hielt. Sie hatte das Tuch mitten auf einer belebten, gleichgültigen Straße gekauft.

Ihre Finger liebten das Gesicht der Fremden, während sie ihr die Münzen gab. Unerkannt streichelte sie das Fremde und vertraute sich der fehlenden Einfühlsamkeit an. Mazvitas Finger öffneten und schlossen sich, während sie darauf wartete, daß das Tuch vom Zaun genommen wurde. Die Verkäuferin glaubte, daß es genau dieses Tuch war, das diese Fremde wollte, weil sie entschlossen auf das Tuch zugegangen war. Doch Mazvita war darauf zugegangen, weil sie nur noch hinfallen und ihre Arme weit ausbreiten wollte. Mazvita betrachtete das Gesicht der Frau, während diese das Tuch verpackte. Mazvita stand still.

Der Junge ließ seinen Arm nicht fallen. Verzweifelt aufgeschnappte Krümel von Freiheit waren bitter, voller Reue in ihrem Nachgeschmack. Es war die Anstrengung, das Risiko nicht wert.

Mazvita ging weiter und hielt das Tuch dicht vor ihre Brust. Sie suchte einen nicht erleuchteten Gang.

4

Ein Ei, sein brauner Farbton, die unvergeßlich blasse Einladung seiner Farbe, das Labyrinth seines Geruchs, das Versprechen von Zerbrechlichkeit wie ängstliche Zärtlichkeit. Der Regenbogen seiner weich ansprechenden Oberfläche, elegant, sein Echo schlank und oval. Seine Versprechen waren stets versteckt, aber vollständig, seine schmeichelnden Hände ein schüchternes, schweigendes Erwachen. Leicht und gut.

Er hielt ihre Hand und ging auf trockener Erde zwischen Felsen entlang und ließ das Ei liegen, wo sie es gefunden hatten. Der Vogel hatte in einem Felsspalt ein Nest gebaut.

»Mazvita«, sagte er unbekümmert.

Die Felsen überragten sie, nah und rund. Unter ihnen waren trübe Verstecke. Aufragende Steine warfen dichte Schatten, wie Rauch. Die Felsen waren glatt. Brüchige und kantige Steine lösten sich aus ihnen und fielen auf den Boden. Mazvita und Nyenyedzi gingen weiter zu einem Felsen, der flach am Boden ausgebreitet war. Zwischen den schlängelnden Spalten standen kurze, grüne Blätter. In dem harten Gestein waren fest geschwollene Baumwurzeln und verzweifelt wogende Stämme von langsam wachsenden Pflanzen.

Mazvita zog Nyenyedzi auf die Felsen, von der Sonne gewärmt, und spürte, wie sich die Wärme an ihrem nackten Rücken ausbreitete. Sie umarmte ihn mit einem hingebungsvollem Seufzen und zog seinen Kopf auf ihre Brust. An ihrem Becken spürte sie die harte Haut seines Knies, spürte ein kurzes Kratzen unter ihrem Nabel. Das Knie preßte sich auf sie. Es tat nicht weh. Und sie strich ihm mit zärtlichem Finger durchs Haar. Er lag in ihren Fingern. Sie schloß die Augen gegen das Blau, das vom Himmel in ihre Augen fiel, und sie hörte einen Wächtervogel auf einem Felsen laut schreien. Ein durchdringender Schrei, der auf ihre Ohren schlug.

Die Vogel rief noch einmal, langsam, hetzend. Ein Schrei rief den nächsten. Der Himmel überwältigte sie mit geschmeidigem Blau, das über ihre Augenbrauen hing und so nah war, daß sie es mit ihrem Atem umarmte. Das Blau zog sie in den Himmel hinauf. Sie rief leise, um ihm zu erzählen von dem klaren Beben, das aus dem Himmel kam, von dem Taumel, der sie am Horizont mit verschwenderisch liebkosenden, gelben Strahlen einhüllte, von der Wärme, die über ihre Knie perlte. Er aber glättete ihren Bauch mit zärtlichen, liebevollen Wellen, und sie vergaß das Blau des Himmels und sein Knie und ... Sie war atemlos von uraltem Verlangen. Er glättete ihren Rücken mit freundlicher Zunge, blau und weit wie der Himmel. Sie spürte eine strahlende, wirbelnde Freude. Ein ruhiger, verhaltener Schauer glitt mit sanftem Druck zu ihren Handflächen, kreiste um ihre aufgestützten Handgelenke und legte sich in die feuchten Räume zwischen ihren Fingern. Sie spürte die üppige Erde unter ihren Füßen. Das Blau wirbelte und rauschte um sie herum. Sie wurde im Faltenhimmel geheilt.

Er bewegte sich auf ihr mit leichtem, rhythmischen Zittern. Er umarmte sie und streichelte ihre Stirn sanft und fragend. Er stützte seinen sicheren Arm über dem weichen Bogen ihrer Schulter, neben ihrem Ohr, auf den Felsen. Die Innenseite seines Arms war fest an sie, an ihren Hals gedrückt. Er war zufrieden in ihrer Gegenwart. Ihre Augen begegneten sich in einer Stille gefüllt von Träumen und mutiger Ekstase. Er lag schwer auf ihr, doch auch das war Teil ihres vollendeten Jubels, ihrer fraglosen Leichtigkeit, ihrer überschwenglichen Zärtlichkeit.

Ihr Glück hatte keinen Anfang und kein Ende, sondern war das unaufhörliche Wirbeln einer blauen Wolke. Die Luft unter dem Himmel war hell und klar, durchsichtig. Ein strahlender Regen von hellen Sternen fiel aus dem Himmel.

Sie war getröstet. Sie lagen still und verschlungen unter dem Bogen ihres Triumphs, unter dem weiten Saum des Horizonts. Sie lagen in einem flüsternden Schleier aus weißer, klarer Wolke.

Sie dachte an das Ei, das – heil – in ihrer Hand gelegen hatte.

5

Harare.

Mazvita fand eine freundliche Gasse zwischen zwei hohen Gebäuden aus Stein. Die Gasse war schmal und eng. Nyore Nyore – stand als falsches Versprechen an einer der Wände. Dicker Rauch fiel in den engen Spalt und verschluckte ein paar Buchstaben. Das leuchtende Rot der Ziegelsteine war steiles Schwarzbraun geworden. Nyore Nyore. Die Buchstaben schrien und kämpften unter den zunehmenden Lagen pflasternden Rauchs. Das waren die Zeichen der Zeit. Leichter Reichtum wurde versprochen, leichte Liebe, ein leichtes Leben, ein leichter Tod. Nyore Nyore. Die Gasse roch nach unbestimmten Versprechen, die leicht gebrochen wurden. Es roch nach Urin.

Ein zerfranstes Lederportemonnaie lag vergessen neben dem Gebäude. Ein schwarzer Hut, von dem die Krempe abgerissen war, bog sich steif nach oben. Tauben flatterten mit ihren graugetupften Flügeln und flogen aus der begrenzten Grotte, aufgeschreckt von ihren Füßen. Sie kamen zurück und verschwanden hinter einer Reihe metallener Mülltonnen. Die Flügel zuckten noch langsam, zögernd.

Mazvita begegnete leeren Bohnendosen und zerbrochenen Flaschen auf dem schmalen, schmutzigen Weg zwischen den Mülltonnen. Eine Dose war doppelt gefaltet. Sie war mit einer heftigen und gnadenlosen Bewegung in die Gasse geworfen worden. Die Wand war ihr mit ähnlicher Gleichgültigkeit begegnet. Die Welt schwankte vor Unruhe. Erinnerung war leicht, ruhig und stürmisch. Armut war kein Geheimnis. Es gab sonst nichts, von dem man sich hätte befreien können. Man mußte arm sein. Nur aus dem Grund sehnten sich die Menschen nach einem langen Tag voller Begrüßungen.

Die Tauben trommelten eine traurige Litanei mit zitternden Flügeln und bebenden Füßen. Sie stießen brüchige Schreie aus, die in die metallenen Müllberge sickerten. Mazvita ging behutsam durch die wachsenden Trümmer und blickte kurz zurück. Sie hörte eine Katze im Dunkeln auf das Dach des Nyore-Nyore-Gebäudes springen. In der Gasse lag weggeworfenes Holz, zerbrochene Möbelstücke und ein kaputter Stuhl, dem ein Bein fehlte und dessen Sitz verhängnisvoll zusammengeknickt war. Der Stuhl war zerschmettert worden. Der Rahmen hatte dem Angriff nicht trotzen können, und die Hälfte der Rückenlehne war umgeknickt.

Mazvita stand im trüben Licht mitten in den Trümmern. Sie betrachtete den brüchigen Boden. Sie nahm wahr, daß an beiden Enden der Gasse Menschen vorbeigingen. Menschen, die aus zwei schnellen Schritten bestanden, bevor sie verschwanden. So kurz und unterbrochen war ihre Wirklichkeit. Der Blick auf das Chaos verschlug ihr den Atem. Die Menschen waren nicht mehr als Farbschattierungen und Wolken. Sie glaubte, einen Regenschirm vorbeigehen zu sehen. Einfach so. Dann sah sie einen Soldaten. Es erschreckte sie, den Soldaten zu sehen. Er muß ein Gewehr haben. Schließlich war es 1977. Gewehre waren auf den Himmel gerichtet.

Sie haßte die Stadt und ihre unausweichliche, wilde und lähmende Gleichgültigkeit. Sie zwang ihre Augen weg von der Straße und den gestelzten Bruchstücken ihrer Welt. Sie wies die Silhouetten und Figuren ab. Ihre Augen zogen sich zurück; sie hörte sie tief in ihren Kopf fallen. Wasser sickerte heimlich in ihre Ohren.

Mazvita wickelte das Baby aus dem Handtuch. Sie nahm das Handtuch von ihrem Rücken und schälte es vom Rücken des Kindes. Mazvita ließ das Handtuch leise hinter sich auf den Boden fallen. Das Handtuch war schmutzig. Es war von der Hitze aufgeweicht. Mazvita legte ihre Arme um das Baby und hielt es fest. Sie beugte sich langsam nach vorn, und das Baby glitt ein wenig an ihrer Taille entlang nach links. Sie beugte sich weiter nach vorn und bereitete sich darauf vor, das Baby unter ihrem Arm, ihrer linken Schulter entgegenzunehmen. Mazvita spürte das Baby an ihrer Achselhöhle. Sie hielt den Atem an. Sie wartete.

Flügel flatterten vorbei und wurden still. Mazvita war erschrocken. Der Vogel flog hoch und verschwand zwischen den Trümmern. Mazvita zögerte mit geschlossenen Augen, ihr Herz klopfte, ihre Ellenbogen waren fest über die stillen Beine des Babys an ihre Seite gepreßt. Sie schaute zum Ende der Gasse und sah wieder Menschen wie schnelle Tupfen, Bruchstücke einer Erinnerung, vorbeigehen. Knie zitterten und knickten zum Boden. Mazvita spannte ihre Muskeln an, fest und dringend. Das Baby wurde schwer auf ihrem Rücken. Mazvita beugte sich vor und gab dem brennenden Schmerz nach. Sie wartete. Mazvita hörte, wie ein gedämpftes Murmeln von ihr zum Baby ging. Sie sagte dem Baby, daß es stillhalten sollte. Sie drehte sich nach rechts und ließ das Baby sanft, aber schnell in ihre wartenden Hände vor sich gleiten. Ihre Hände erwarteten das Baby ungeduldig. Sie fühlte das Baby wie ein Bündel in ihre Hände fallen. Mazvita kniff ihre Augen zusammen. Der Augenblick war wichtig, er füllte ihre Arme. Das Baby fiel von ihrem Rücken und lag an ihrem Bauch, die Beine steif um ihre Taille gelegt. Mazvita streckte ihren Rücken und öffnete ihre Augen weit. Sie sah das Baby.

Sie sah auf den Kopf des Babys. Sie steckte einen Finger in ihren Mund und strich dann sanft über das Kind. Sie legte ihren Finger zitternd auf das Kind und erinnerte sich. Die Vergangenheit kam in so schnellen Wellen auf sie zu, daß sie das Kind von sich stieß, in einer heftigen und unwillkürlichen Bewegung der Ablehnung. Ihre Arme zitterten und sie hielt das Kind still wie eine Flamme. Sie legte das Baby langsam zurück an ihren Bauch und berührte noch einmal seinen Kopf mit feuchtem Finger. Sie drückte sanft auf den Kopf des Kindes, murmelte leise, gurrend. Sie flüsterte dem Kind zu, die Augen zu schließen, flüsterte ein schönes, sterbendes Schlaflied, und brach dann plötzlich zusammen. Der Boden hieß sie nicht willkommen. Mazvita fiel hart. Knie knickten zusammen, doch sie hielt das Baby fest und zog es dicht an ihre Brust. Sie fiel nach hinten in die Masse von Dreck und Verrottung und abgestandenem Wasser. Der Augenblick füllte ihre Arme, und sie hielt ihn fest. Die Tauben flatterten aus ihren Verstecken. Mazvita umklammerte das Baby, weinte ruhig und tonlos und zog ihre Beine an.

Sie nahm das Baby und legte es vorsichtig auf ihr wartendes Bein, inmitten des flatternden Papiers und der Echos sirrender Flügel. Ihre Achselhöhlen schwitzten und klopften traurig. Mazvita war wahrlich allein.

Sie legte das Baby über ihr Bein. Sie hob ihr gebeugtes Knie vom Boden. Der untere Teil ihres Beines und ihr Fußgelenk stützten den Körper des Babys. Der Körper war geknickt als wäre sein Rücken gebrochen. Mazvita öffnete das Tuch weit. Sie breitete das Tuch vorsichtig über ihr angewinkeltes, rechtes Bein. Sie führte die Handlung bewußt aus, zögerte bei jeder Bewegung und strich den Stoff in glänzende Gleichmäßigkeit glatt. Ihr Bein war warm und verschwitzt. Sie spürte, wie der Schweiß an ihrer Haut klebrig wurde. Sie war dankbar. Sie atmete noch und konnte sich weiter auf ihr Ziel zubewegen. Was machte ihr Schmerz dabei schon aus.

An der Stelle, an der ihr angewinkeltes, rechtes Bein das linke berührte, legte sie das Baby leise auf den weit ausgebreiteten Stoff. Sie legte den Kopf des Babys auf das weiße, schweigende Tuch. Das Baby war von gestickten Nähten eingehüllt. Das Baby war dort eingenäht. Sie konnte die wilden Nähte nicht ändern, obwohl ihr Herz sich dagegen sträubte. Sie legte den Kopf auf das Tuch und wartete. Das Kind war fest an ihr Knie gepreßt. Mazvita hob ihr Knie sanft vom Boden und brachte das Kind nah an ihr Gesicht. Mit leise flehenden Lippen berührte Mazvita die Stirn des Kindes.

Sie sammelte ihre Kraft mit mehreren, leisen Seufzern, die sich von ihren trockenen Lippen lösten. Etwas hatte das Wasser aus ihrem Gaumen gesaugt. Er war trocken wie eine Schote. Sie ließ ihre Zunge in ihrem Mund kreisen. Er fühlte sich an wie eine gepreßte und getrocknete Frucht.

Sie atmete schwer und saugte die abgestandene Luft in der Gasse auf, das Geräusch von knisterndem Papier und Autohupen, die durch die Dunkelheit drangen. Sie atmete die Armut ein und die Einsamkeit, die schwarzen Wände, die fleckig und begraben waren unter den Schreien von aufgegebenen Träumen, von dem geisterhaften Lachen, das aus Verzweiflung entstand, und von verletzten Stimmen. Sie atmete energisch die Dunkelheit der Gasse ein. Sie atmete mit dem dringenden

Versuch, zu überleben, wieder aufzustehen und den Augenblick sicher in ihren Armen zu tragen.

Mazvita drehte sich um und schaute über ihre Schulter. Sie drehte sich noch einmal um und schaute. Sie schaute. Das Geräusch wurde tief und füllte die Dunkelheit. Sie lehnte sich vor, ihr Kopf schwebte über dem des Kindes. Sie lehnte sich vor. Sie beugte sich über das Kind und berührte es mit ihrer Stirn. Sie schwang weit zu einer Seite und über dem Kind gleichmäßig zurück zur anderen. Sie beugte sich vor über den Kopf des Kindes. Sie war befreit. Sie konnte sich über dem Boden halten. Mazvita bereitete sich auf die Reise vor.

Die Stille war vorübergehend. Sie mußte sich beeilen, bevor die störende Qual wieder da war, hetzend und aufdringlich, hetzend und aus ihr heraus. In einem flehenden Versuch streckte sie ihren Rücken. Ihr Gesicht schoß verärgert nach vorn. Sie erwartete keine mysteriösen Erscheinungen, keine Veränderungen in ihrer Welt. Sie richtete nur ihren Hals hoch auf und versuchte, ihren Kopf von ihrem Körper zu trennen – irgendwie –, um mit abgetrenntem Körper herumzugehen. Ihre Gedanken würden frei sein. Es war die ständige Nähe zwischen ihrem Kopf und dem Kind, die sie beängstigte und verwirrte. Es war nicht genügend Raum zwischen ihr und dem Kind, das sie auf ihrem Rücken trug. Wenn sie ihren Kopf wegnehmen und ihn von der Reglosigkeit auf ihrem Rücken getrennt aufbewahren könnte, dann könnte sie anfangen. Sie würde zwei Menschen sein. Sie würde viele sein. Eine von ihnen würde frei sein. Eine würde die andere beschützen. Sie wollte noch eine sein. So konnte sie sich ihre Flucht vorstellen. Sie versuchte diese rätselhafte Trennung, indem sie sich mit aller Kraft nach vorn zog, ihren Oberkörper nach unten fallen ließ, ihre Arme nach hinten zog und ihre Schultern zurückhielt. Ihr Hals streckte sich, und sie spürte, wie sich ein grausamer Schmerz in ihren Rücken bohrte. Sie sah auf.

Sie sah auf und sah einen weißen Himmel über den Dächern, klar und fleckenlos. Der unerwartete Himmel überraschte sie. Das Weiß legte sich in die Gasse und drückte sich an den Dächern entlang, nah und weiß. Sie begrüßte den Himmel. Das Helle fiel in ihre Augen. Es war eine glühende Wolke und sie verweilte. Mazvita beeilte sich nicht. Sie bewahrte den Augenblick so lange wie möglich. Sie fühlte sich leicht. Sie fühlte sich aus der Dunkelheit herausgehoben und leicht. Nicht mehr in Dunkelheit. Die Wolke kam auf sie zu, sehr nah an sie heran, glitt dann an ihr vorbei und enthüllte ein graues, träges Dach. Ihre Augen waren vor Tränen klar. Ihr Kopf sank herab, herab. Der Himmel wurde blaß. Sie wandte sich wieder zum Baby und hob es mit dem Tuch hoch. Sie hob das Baby hoch über ihren Kopf und befreite ihre Beine. Sie bewegte ihre Beine nach oben, nach vorn, gestreckt. Sie richtete ihren Rücken auf und stand aufrecht. Sie beugte sich nach vorn und ließ den Kopf des Babys und das Tuch über ihre linke Schulter auf ihren wartenden Rücken gleiten. Ihr Rükken zitterte, nicht vor Kälte. Ein gewaltiges, unerträgliches Beben. Sie fühlte, wie vertraut das Baby an ihrem Rücken lag. Gestern war so erschreckend vertraut.

Sie fühlte den Kopf des Babys an ihrem Nacken, und sie bewegte ihren Körper kurz, um das Baby auf ihrem Körper zu balancieren. Das Baby lag still an ihrem Rücken. Sie zerrte an den steifen Beinen des Babys, legte sie um ihre Taille und schlug das Tuch unter dem Baby ein. Dann zog sie den unteren Rand des Tragetuchs fest um ihren Bauch, den oberen Rand herunter.

Die zwei Paar Bänder trafen sich zwischen ihren Brüsten. Sie knotete die Bänder aneinander. Sie machte einen festen Knoten, der drohte, sie in der Mitte zu zerteilen. Die Bänder schnitten tief in ihre Brüste ein.

Das Tuch zerrte heftig an ihrem Hals und erstickte ihren letzten Atem. Sie zog den Knoten noch fester, obwohl die Bänder schon kurz waren und sich nicht mehr bewegen ließen. Sie zog kräftig an dem, was sich nicht mehr regte. Das Reglose ließ sie stillstehen, und sie hörte ihm zu. Sie zitterte dabei am ganzen Körper, aber auch das ließ sie zu, denn es gehörte zu ihr. Sie wartete lange und geduldig. Der Stoff schnitt ihr in die Haut, in ihre Handflächen. Sie wehrte sich nicht gegen den Schmerz. Daß ihr die Luft zugeschnürt wurde, war ihr recht. Es hielt sie wach, das Ersticken, es hielt sie wach und verzweifelt. Sie zog die Bänder fester und stieg aus den Trümmern und aus dem Schutz und der Verschwiegenheit. Sie tastete den Boden mit verstohlenen Blicken ab, mit hochgezogenen Brauen und zitternden Gliedern. Sie ging weiter, obwohl die Luft sie mit furchterregendem Griff festhielt. Ihr Rücken spannte sich und sie ging weiter und aus dem engen Gang heraus. Mazvita ging weiter.

Aus ihren Brüsten floß Milch. Sie tropfte in sauren Klumpen.

6

»Nyenyedzi«, flüsterte sie, und er sah zu ihr hin.

Sie erkannte seinen Rücken, obwohl er den hellgrünen Arbeitskittel trug wie alle anderen Männer in der Tabakscheune. Es war viel Betrieb dort. Die Tabakballen kamen frühmorgens auf langen Lastern an, und die Arbeiter trugen sie in die Scheune. Sie streckten ihre Arme vor sich aus. Sie schleppten. Sie gingen weiter. Die Ballen wurden zwischen den Markierungslinien in der Scheune verteilt. Sie standen in hohen Stapeln, die größer als die Männer waren. Überall war ein starker Geruch von Verrottung. Drinnen, wo die Blätter mit Tau zusammengebunden wurden, fest zusammengebunden wurden, war es dunkel und feucht. Das dicke Tau schnitt in die dickeren Blätter, und sie beulten sich verärgert heraus. Die Blätter schwollen an, von dem Tau weg.

Am Ende des Tages fühlte Mazvita sich schwach. Sie fühlte sich schwindlig und nervös vom Tabakgeruch, der sich ausbreitete, ihr entgegen, wie Verrottung. Der Tabak stieg aus ihrem Inneren. Die Luft war modrig. Dunkel und feucht. Sie wandte ihre Augen zum Asbestdach, von dem die Luft herunterhing wie Ruß. Dieser Geruch, er erstickte sie. Außerhalb der Scheune atmete sie langsam und andächtig.

Das Lagerhaus war nicht weit von der Farm entfernt. Sie hatte auf der Farm gearbeitet, doch jetzt machte sie in einer kleinen Küche hinter dem Lagerhaus Tee für den Vorarbeiter und seine Arbeiter. Sie vermißte die hellen, weiten Felder, auf denen sie gearbeitet hatte. Jetzt, da sie in Nyenyedzis Nähe war, machte die Dunkelheit ihr nichts aus. Es war dunkel in der Scheune. Die Ballen erhellten die Scheune mit einem verrottenden Glanz und dem starken, beißenden Geruch. Sie freute sich auf das Ende des Tages, wenn sie die Scheune verließen und durch den Busch zu den Hütten an der Grenze der Farm gingen. Nyenyedzi ging mit ihr. Sie fürchtete sich vor dem Busch und dem Krieg. Nyenyedzi machte es nichts aus, nach der Arbeit mit ihr in den Busch zu gehen. Er hatte keine Angst vor dem

Krieg. »Warum bist du von zu Hause weggegangen?« fragte er. »Du bist nicht von Kadoma.«

»Ich brauchte Arbeit. Ich hab gehört, daß es auf den Tabakfarmen immer Arbeit gibt. Ich komme aus Mubaira, in Mhondoro.«

»Wir müssen gemeinsam nach Mubaira zurückgehen.«

»Ich kann nie wieder dahin zurückgehen.«

»Warum?«

»Der Krieg in Mhondoro ist schlimm. Es ist schwer, da die Augen zu schließen und zu schlafen. Es ist schwer, am Leben zu sein. Ich bin da weggegangen, weil ich in die Stadt will. Ich kann nicht so schnell zurückkehren.«

»Wir müssen zurückgehen. Ich möchte deine Eltern kennenlernen.«

»Das ist lieb von dir, Nyenyedzi, aber es ist schwer, für manche Dinge Worte zu finden. Ich muß wirklich in die Stadt gehen. Eines Tages wurde ich im Nebel wach, weißt du, die Art Nebel, in die man mit den Schultern reingeht. Es sah aus, als ob der Morgen aus dem Boden stieg, weil der Nebel so dick war und sich langsam aus dem Boden ausbreitete. Sogar die Sonne wird weiß in der Dämmerung bei solchem Nebel. Meine Arme waren schwer, als ich an diesem frühen Morgen losging, um Wasser am Fluß zu holen. Ich hatte nur meine Arme, meine Beine waren im Nebel begraben, doch ich fühlte, wie der Nebel aufstieg, in mein Gesicht. Es war merkwürdig, so abgetrennt zu gehen. Dann spürte ich etwas, das mich ins Gras runterzog. Es zog kräftig an meinen Beinen, bis ich hinfiel. Ich konnte nichts sehen, weil der Nebel so dicht war. Ich stürzte durch den Nebel und schrie ins Gras. Ich hatte meine Beine vergessen. Es war ein Mann, der mich ins Gras gezogen hat. Er hatte ein Gewehr. Ich fühlte das Gewehr, obwohl ich es nicht sehen konnte. Nach diesem Erlebnis beschloß ich, wegzugehen.«

Sie gingen wortlos weiter auf dem Weg.

»Wir sollten zusammenleben und zusammen kochen«, sagte Nyenyedzi plötzlich. »Hier ist der richtige Ort für uns.«

»Ich kann nicht hier leben. Wir müssen in die Stadt gehen und dort leben. Ich weiß nicht, ob wir hier sicher sind. Der Krieg ist überall. Wir müssen in die Stadt gehen. Es heißt, daß es da keinen Krieg gibt. Da ist die Freiheit schon angekommen. Hast du die Leute gesehen, die aus der Stadt kommen ... in ihren Augen ist keine Angst. Schau wie ängstlich wir hier sind. Kann die Freiheit hier so ankommen, wie sie in der Stadt angekommen ist?«

»In einer so großen Stadt. Wir wären verloren. Wir würden sogar einander verlieren.«

»Nein. Es ist genau der richtige Ort für einen Anfang. Da ist es besser als hier. Harare. Die Nachricht von der Freiheit in dieser Stadt hat alle Ohren in Mubaira erreicht. Ich warte, bis ich genug Geld verdient habe, dann werde ich mit dem Bus hinfahren. Es wird leichter sein in Harare. In der Stadt kann man alles vergessen.«

»Man kann seine eigene Mutter vergessen. Ich kann nicht nach Harare gehen. Mir gefällt es auf dem Land. Ich kann das Land nicht verlassen und in eine fremde, unfreundliche Stadt gehen. Ich habe fürchterliche Geschichten über Harare gehört. Da tragen alle ein Messer. Ein Messer, das man falten und in seine Tasche stecken kann. Ein Messer, das man schnell öffnen kann, wenn man in Schwierigkeiten ist. Stell dir eine Stadt mit einem solchen Messer vor. Außerdem gibt es da Schurken, die werden skuz'apo genannt. Die räumen deine Taschen aus, bevor du dich versehen hast. Sie nehmen ein Messer aus deiner eigenen Tasche und bringen dich damit um. Du kannst nicht mal deinem Schatten trauen in einer solchen Stadt. Manche haben in dieser Stadt ihre eigenen Eltern beklaut und umgebracht. Was für eine Stadt ist das?«

»Ich muß das mit meinen eigenen Augen sehen. Ich werde dorthin gehen, Nyenyedzi.«

»Nein. Ich kann da nicht hingehen. Ich arbeite jetzt schon zwei Jahre hier, und ich kenne diesen Ort besser als du. Ich wurde nicht weit von hier geboren. Du hast nicht lange hier gelebt und sagst, du wirst weggehen. Wenn du ein Jahr bleiben würdest, könnten wir uns entscheiden. Wir könnten erst nach Mubaira gehen und deine Eltern besuchen. Die Stadt wird uns begraben.«

»Ich muß weitergehen. Ich werde weitergehen.«

Mazvita hatte ein starkes Verlangen, sich zu befreien von der Last der Angst und von dem Himmel, der in blau lodernden Flammen stand. Sie hatte Nyenyedzi nicht alles erzählt. Sie hatte ihm nichts von dem erzählt, was der Mann, der sie heruntergezogen hatte, ihr zugeflüstert hatte. Wie sie in zerrissenen Kleidern durch den Nebel gerannt war und sein Flüstern in ihren Ohren trug. Wie der Himmel hinter ihr explodierte, als das Dorf jenseits des Flusses brannte, und sie laut schrie, weil ihre Arme sich streckten, sich aber nicht weit genug streckten, um die Menschen zu retten und die Flammen zu löschen. Wie sie schrie und rannte mit ihren zwei Beinen, die ihr fehlten, begraben waren. Und wie sie geglaubt hatte, mit den Armen zu rennen, weil sie sah, daß sie vorschwangen, zurückschwangen, vorschwangen. Sie von ihnen durch den Nebel zu den Hütten getragen wurde, die sich mit dem Fluß und ihrem Weinen vermischten. Dann war sie hingefallen und hatte unter dem Nebel die brennende Hütte gesehen, denn der Nebel hatte sich gelichtet und bildete nun einen Schirm über ihrem Kopf. Und sie entdeckte ihre heilen Beine unter ihrem Körper. Und sie entdeckte einen großen Kreis aus heller, gelber Sonne. Wartend, brennend, selbstverständlich.

7

Harare.

Zeitungszeilen bedeckten die dunkle Gasse und versprachen den ruhelosen Menschen keine Freiheit. Doch es gab viele Anzeichen für die Freiheit, die die Menschen sich genommen hatten – leere Ambi-Hüllen, grün und rot. Die Welt versprach eine hellere Haut, größere Freiheit. Es war 1977. Freiheit war dünn wie Haut, aber fröhlich und aufregend. Ambi. Freiheit war bescheiden und dreist, wurde zwischen den Handflächen verteilt, war etwas Gemeinsames und körperliches. Freiheit war eine durchsichtige, tropfende Nase. Freiheit brachte schwarzhäutige Ohren mit sich. Eine Maske. Ein Karneval. Die Realität hatte einen Zwilling gefunden, stürmisch und endgültig. Freiheit sagte etwas hinter einer Maske, aber keiner stellte ernste Fragen, keiner wußte, was Freiheit wirklich war. Sie war laut, das war sicher. Ambi genügte erst einmal, ganz bestimmt. Keiner fragte nach den Löchern in der Realität. Wo ein Loch war, war auch eine Öffnung. Freiheit war irgendeine Öffnung, in die man sich hineinzwängen konnte. Menschen kämpften darum, Öffnungen in ihrer Wirklichkeit zu finden. Die Menschen tanzten einen beneidenswerten Tanz der Selbstverstümmelung.

Eine aus der Tube gequetschte Freiheit war besser als

keine. Letztendlich war Freiheit käuflich. Sie war sinnlich, und nach Sinnlichkeit sollte man sich sehnen. Gekauft, auch wenn der Preis dafür nichts geringeres als die eigene Seele war. Dieser Handel war leicht. Es war gefährlich, in den Straßen der Stadt eine Seele zu tragen, wie Mazvita entdeckt hatte. In Harare tat man gut daran, seine Seele beim ersten und leichtesten Angebot zu verkaufen. Das war der einzige Aspekt der Ambi-Generation, für den man als Ausgleich zumindest ein permanentes Kennzeichen erhielt; eine weitreichende Veränderung.

Haut fiel auf den Boden.

Die Menschen hatten bei der Häutung ihrer Gesichter, bei dem ungewöhnlichen Ritual ihrer Enterbung eifrig mitgemacht. Sie wurden gehäutet wie Ziegen vor einem Ritual. Ein Ritual, das die Toten auferwecken sollte, mit fröhlichen Liedern allerdings. Sie hatten sich reihenweise in die sengende Sonne gelegt, während sich die Haut von ihren Gesichtern gelöst hatte. Gelöst, abgetrennt. Es war klar, daß es auf diese Weise geschehen war, denn ihre Gesichter waren für immer erstarrt.

Wie Felle, die zum Trocknen in die Sonne gelegt wurden. Die Menschen gingen durch die Straßen ohne Gesichter, unsichtbar, wie Gespenster. Wen überraschte es da, daß sie einander nicht erkennen konnten? Ihre Vorfahren wagten es nicht, sie zu erkennen. Die Menschen hatten eine so atemraubende Freiheit gefunden, daß die Vorfahren sie nicht mehr kannten. Es nicht wagten, sie zu kennen. Die Gesichter trockneten in trüben Strahlen aus. Die Menschen hielten erstaunt inne, begrüßten sich und eilten weiter. Auf der anderen Straßenseite brannte ihre Haut ein krankes und verstummtes Lied. Die Straßen rochen nach verbrannter Haut. Nyore Nyore. So sah es 1977 aus.

8

Das Schweigen reinigte sie.

Mazvita sammelte das Flüstern, das er zwischen ihren Beinen, über ihre Arme, über ihr Gesicht verteilt hatte. Sie rannte weit in den Nebel hinein, doch das Flüstern, eine furchtbare Erinnerung, hielt sie gefangen. Sie sammelte das Flüstern zu einem Schweigen, das sie fest in ihrem Körper hielt. In dem Schweigen war sie geschützt. Das Schweigen gehörte ihr, auch wenn er es ausgelöst hatte. Das Schweigen wurde in ihr zur Stille, in der sie das Flüstern, das über die Lippen des Fremden gekommen war, nicht hörte. Er hatte von ihr Besitz ergriffen, hatte ihr gesagt, daß sie die Dinge ihres Körpers nicht verstecken konnte. Daß sie eine Kalabasse mit Wasser in ihren Armen tragen sollte, und er davon trinken würde. Er hatte lange genug Wasser am Fluß getrunken. Sie sollte ihn aus ihren Händen trinken lassen. Sie sollte sich hinknien, damit er trinken konnte. Er flüsterte, als würde er ihr das Leben schenken, in sanft murmelndem Ton, ohne Hast. Doch sie spürte, daß seine Arme zu lange an ihren Oberschenkeln verweilten, tastend und grausam dort verweilten. Und sie wußte, daß das Leben, das sie austauschten, von ihr zu ihm ging – nicht gegeben, sondern genommen wurde.

Das Schweigen war eine Kostbarkeit. Mazvita spürte die Stille aus der Erde in ihren Körper kriechen, während er auf ihr lag und seine flüsternde Sehnsucht über sie verteilte. Sie hatte sehr still, wenn auch kurz geschlafen, bevor sie zu rennen begann. Sie rannte, und das Schleimige lief an ihren Oberschenkeln herunter, nur wußte sie nicht, daß ihre Beine noch ihr gehörten. Sie wußte nur, daß sie irgendwo auf ihrer Haut eine fürchterliche Feuchtigkeit trug, die sie besiegen mußte. Mazvita sehnte sich nach einem Schweigen ohne Wellen oder Echos.

Er berührte sie an ihrem Rücken, und sie lag reglos und wußte nicht, daß sie ihren Namen noch nicht verloren hatte. Sie hatte das Schweigen entdeckt, um seinen Atem von ihrem Rücken abzuhalten. Hanzvadzi ... sagte er. Du bist meine Schwester ... flüsterte er. Er schrie nicht und erhob seine Stimme nicht, sondern lud sie ein, still zu liegen in einem verschwiegenen, aber ernsten Rhythmus. Seine Stimme war monoton und tief, aber er hielt sie fest in seinem Mund und in seinen Armen. Er sprach in einem Ton, der geübt war, verstanden und doch nicht gehört zu werden. Mazvita kämpfte darum, sein Flüstern verstummen zu lassen. Die Bemühung brachte sie beinahe um. Es war schwer, alle Wörter, die er geflüstert hatte, zu finden. Sie konnte nicht alle Wörter erkennen, aber die, die sie erkannte, sammelte sie schnell in dem Abstand, den sie in sich vorbereitet hatte.

Sie sehnte sich nach einem vollständigen Schweigen. Sie wollte seinen beharrlichen Schreien des Triumphs entkommen.

Das Schweigen war kein Vergessen, sondern ein Beginn. Sie würde aus dem Schweigen, das er ihr gebracht hatte, wachsen. Ihr Verlangen zu wachsen war groß und kam aus den Teilen ihres Körpers, von denen er Besitz ergriffen hatte, die er trotz ihres Widerstands und ihrer Tränen in Besitz genommen hatte. Also zog sie ihren Körper fest zusammen, um den Mann auszuschließen, um die Teile ihres Körpers, die ihr noch gehörten, zu behalten. Um sie in ihrer Nähe zu halten, erkennbar und nah. Sie erlaubte ihren Armen, sich nach vorn zu bewegen, ihr voraus. Sie rannte durch den Nebel und folgte ihren Armen. Sie begrüßte die Stille, die das Schweigen ihrem Körper gab. Die Stille ordnete ihre Gedanken, beruhigte ihr Gesicht. Mazvita war stark.

In ihrem zusammengezogenen Körper gewann sie ein vollständiges Schweigen ihrer Weiblichkeit. Sie kämpfte noch lange nach diesem Morgen um das Schweigen. Die Tage wurden zu Monaten. Der Mond leuchtete in schmaler, schweigender Erwartung. Mazvita hatte ihre weiblichen Gezeiten verloren. Sie wunderte sich nicht über die Trockenheit ihres Körpers, sondern begrüßte sie als einen Beginn, eine klare Konzentration ihrer Gefühle, einen beschützenden Impuls. Sie war rein und stark und heil. Sie fand ihren Namen wieder. Mazvita. Sie war in der Unfruchtbarkeit und dem Schweigen ihres Namens beschützt. Sie hatte ein rettendes Schweigen entdeckt. Mazvita.

Mazvita akzeptierte die Zeit der Leere als ihr ureigenes Schicksal. Sie wuchs aus der Leere. Die Leere hob sie vom Boden, und sie fühlte, daß sich so etwas wie Kraft, wie Freude, in ihr regte. Die Schwere löste sich von ihren Schultern und ihren Armen und von ihren Augen, die sie geschlossen hatte, nachdem der Nebel in ihnen zusammengebrochen war. Mazvita wünschte sich ein Gefühl, das so glatt wie Haß und so schädlich wie Leid war, aber sie hatte das Gesicht des Mannes nicht gesehen. Sie konnte sein Gesicht nicht finden, es nicht nahe genug heranholen, um dieses Gefühl damit zu verbinden. Zu Haß gehört ein Gesicht, in das man ihn hineinschleudern kann, aber die Suche nach dem Gesicht war vergeblich. Also richtete sie ihren Haß auf den Augenblick, auf den Morgen und auf das Land, auf das taunasse Gras, das ihren nackten Ellenbogen zart geschürft hatte in diesem fürchterlichen Augenblick, als er sich ihr näherte. Sie richtete ihren Haß auf den ausgedehnten, verlorenen Ruf eines fremden Vogels, dessen schrillen Schrei sie in der Ferne gehört hatte. Der so schrill und laut war, daß sie ihren eigenen Schrei, der ihr auf den Lippen lag, unterdrücken mußte. Ein unbekannter Vogel, der sie schweigen ließ, als sie von ihrem eigenen Schmerz hätte erzählen müssen. Nicht um einer anderen Person davon zu erzählen – ganz sicher nicht dem Mann –, sondern um zu hören, wie ihr eigener Schmerz geäußert und bestätigt wurde während dieser unveränderlichen Begegnung. Ein Schrei, ihr eigener Schrei, hätte die vielen Dinge, die sie verloren hatte, erlöst. Aber sie hatte nicht geschrien, und es war, als hätte sie die Welt verloren. Und die vielen Dinge, in denen dieser Verlust enthalten war, erinnerten sie immer wieder an ihren Schmerz. Sie richtete ihren Haß auf etwas, das sie sehen konnte, auf etwas, das Form und Farbe und Distanz hatte. Der Nebel hatte sie gelehrt, daß der Morgen nicht immer eine Geburt war.

Mazvita fühlte den gierigen Atem des Mannes über sich. Sie haßte den Atem; sie haßte die Sehnsucht in dem Atem noch mehr; am meisten haßte sie die Erde, die sich an ihren Rücken preßte, während sich der Mann ungeduldig auf ihr, in ihr, an ihr vorbei bewegte. Mazvita brauchte die Leere ihres Körpers. Später gab es für sie keine Verbindung zwischen dieser Leere und dem Mann, denn sie dachte nicht von innen, sondern von außen an ihn. Er war nie in ihr gewesen. Für sie gab es nur eine Verbindung zwischen ihm und dem Land. Es war das Land, das sich ihr genähert hatte. Er war aus dem Land gewachsen. Sie sah ihn aus dem

Land wachsen, aus dem Nebel und aus dem Fluß. Das Land hatte dem Mann erlaubt, aus ihm heraus in ihren Körper zu wachsen.

Mazvita sammelte das Schweigen aus dem Land in ihren Körper.

9

»Das Land gehört unseren Füßen, weil nur sie das Land tragen können. Nur unseren Füßen gehört das Land. Unsere Hände können immer nur Erdbrocken tragen. Wir können das Land nicht auf unseren Schultern tragen. Niemand kann das Land wegnehmen. Wer das Land verläßt, gesteht ein, daß es weggenommen wurde. Läßt es im Stich. Wir müssen hier warten. Wir müssen hier mit dem Land warten, wenn wir ihm treu bleiben wollen und denen, die es uns gegeben haben. Das Land gehört uns nicht. Wir bewahren das Land für die, die nicht mehr bei uns sind. Darum können wir auf dem Land arbeiten, während Fremde glauben, es kann nur ihnen gehören. Wie kann etwas so riesiges und geheimnisvolles irgend jemandem gehören? Nur das, was wir in unseren Fingern tragen können, kann uns gehören. Niemand kann das Land besitzen. Weil das die Wahrheit ist, kämpfen wir gegen die Fremden, damit sie weggehen und wir das Land beschützen können. Sie haben uns erzählt, daß es nicht richtig ist, wenn wir das Land beschützen. Trotzdem sollen wir auf dem Land arbeiten. Hast du jemals gesehen, daß sie auf dem Land arbeiten, wie wir es tun? Das Land ist ihnen fremd. Unseren Füßen gehört das Land viel mehr, als den Ansprüchen ihrer Lippen, viel mehr, als den Ansprüchen ihrer Finger. Das Land erkennt nur diejenigen, die auf ihm arbeiten. Es kennt unseren Atem und unseren Schweiß.«

Nyenyedzi sprach mit hellem Gesicht und unverhohlener Glut. Er würde das Land nicht verlassen. Aber Mazvita teilte nicht seine Hoffnung für das Land. Sie fürchtete sich nicht davor, wegzugehen. Sie war ruhelos, auch wenn sie diesen Mann bewunderte und mochte. Sie wandte sich von ihm ab. Sie trug ein Gewicht in ihrem Mund, das Nyenyedzi sich nicht vorstellen konnte.

»Wir sind Arbeiter, die für unsere Mühen wenig bezahlt bekommen. Wir können nicht entscheiden, welches Getreide wir anpflanzen und wann wir es pflanzen. Wir beten nicht für eine gute Ernte, weil es nicht mehr unsere Ernte ist. Wir können nicht für die Ernte von anderen beten. Es gibt keine Rituale zur Ernte oder beim Pflanzen. Wir arbeiten, weil es unsere Aufgabe ist, zu arbeiten. Wir besitzen das Land nicht. Das Land ist eingezäunt mit Stacheldraht, und wir schlafen zwischen den Dornenbüschen im unfruchtbaren Teil des Landes. Wir leben in Angst, weil sogar diejenigen, die in unserem Namen kämpfen, unser Leben bedrohen.«

»So ist es im Krieg. Wir müssen hierbleiben oder mitkämpfen, um das Land zu reinigen. Nicht neue Träume suchen, die unser uraltes Recht ersetzen.«

»Das Land hat uns vergessen. Vielleicht träumt es eigene, neue Träume.«

»Dir fehlt Geduld und Hoffnung, Mazvita. Du möchtest, daß dir etwas gehört, genau wie die Fremden. Du möchtest besitzen, etwas in deinen Händen halten und sagen, daß es dir gehört. Du verstehst nicht, daß dir etwas gehört, wenn es dich gehalten hat und nicht, wenn du es gehalten hast. So ist es mit dem Land. Es hält und nimmt dich in Besitz. Dem Land kann man nicht entkommen. Es ist alles. Ohne das Land gibt es weder Tag noch Nacht, gibt es keinen Traum. Das Land bestimmt unsere Verbindungen. Kein Gebet erreicht unsere Vorfahren, ohne vom Land gesegnet worden zu sein. Land ist Geburt und Tod. Wenn wir sagen, daß das Land uns vergessen hat, dann sagen wir, daß wir tot sind.«

»Was du vom Land sagst, ist wahr, aber gehört diese Wahrheit uns allen?«

»Die Wahrheit gehört niemandem. Es ist unsere Wahrheit.«

»Wahrheit verändert sich wie ein Himmel. Die Fremden haben das Land genommen. Sie pflanzten Tabak, wo wir einst unsere Toten beerdigten. Die Toten schwiegen. Sie pflanzten Tabak, wo wir einst beteten. Das Land wies sie nicht zurück. Sie haben viel geerntet. Ich erinnere mich …«

»Sie haben die Ernten nicht eingebracht. Wir haben die Ernten eingebracht. Das Land ist unseren Händen entgegengekommen. Sie werden das Land verlassen. Wir kämpfen gegen sie.«

»Wir warten … wir warten auf einen neuen Tod … auf den Tod des Landes.«

»Das Land braucht uns für seine Wahrheit.«

»Ich erinnere mich …«

Mazvita wußte, daß Nyenyedzi nicht weggehen würde, daß er hier warten oder in den Krieg ziehen würde. So oder so, er gehörte ihr nicht. Ihre Wahrheit sollte etwas anderes sein. Zu der Zeit wollte sie ihre Wirklichkeit besiegen und nicht den Stillstand der Zeit ertragen. Sie baute auf ihre eigene Kraft und Willensstärke. Sie konnte ihre Realität selbst bestimmen und ändern, die Grenzen ihrer Perspektiven verschieben und die Einschränkung ihres Vorankommens hinter sich lassen. Sie wuchs jede Sekunde über sich hinaus. Sie hatte Mubaira verlassen, weil sie weiterkommen wollte. Sie hatte ein starkes Verlangen nach ihrer Befreiung und wollte nicht tatenlos zwischen zwei Hoffnungen verweilen. Sie hatte das Land geliebt und es in leidenschaftlichen und intensiven Augenblicken der Freiheit gesehen.

Dennoch glaubte sie nicht, daß man dem Land auf immer gleiche Weise verbunden bleiben mußte. Sie sammelte in dem Land ihre Freiheit, und das Land gab sie ihr ohne Einschränkungen. Wenn das Land Ernten hervorbrachte, dann konnte es sie auch befreien. So wie die Pflanzen, die in dem Land wuchsen, ihre Blüten, ihren Duft, und ihre Farbe verteilten, während sie im Land verankert waren. Sie fühlte sich frei wie ein Samen, der von einer solchen Pflanze freigegeben wurde. Sie konnte überall wachsen. Mazvita fühlte sich lebendig. Ihre Beziehung zu dem Land schloß lebendige Freiheiten mit ein. Sie hatte die Möglichkeit, neu anzufangen. Hoffnung vermischte sich mit Verlangen. Mazvita war zielstrebig. Sie wollte Neues in ihrer Welt entdecken. Sie wußte, was Nyenyedzi meinte, wenn er von Treue sprach, aber sie war bereit, sich in einem anderen Raum aufzuhalten, wegzugehen. Sie wollte keine Sicherheit. Jeder Augenblick würde ein Geheimnis enthüllen, und sie würde da sein, dem Augenblick voraus, weit voraus. Sie rückte nah an Nyenyedzi heran und berührte ihn. Mazvita fürchtete sich nicht davor, wegzugehen.

10

Ein gewaltiger Wind trieb Mazvita weiter.

Niemand bemerkte oder erinnerte sich an sie. Mazvita war sich ihrer Richtung sicher, also fing sie an zu gehen. Ihre Schritte waren stockend und schwankend. Sie ging. Sie ging seitwärts, weil sich ihre linke Schulter nach vorn beugte. Es war ihre gebrochene Seite. Ihre Knochen verteilten sich in zersplitterten Fragmenten über ihren Rücken. Sie lehnte sich noch mehr zur Seite und spürte, wieder einmal, wie ihre Knochen aneinanderstießen. Ihre Knochen bauten einen Berg auf ihrem Rücken.

Mazvita. Ihr Rücken war gebrochen.

Es war schwer, ihr Kind mit diesem gebrochenen Rücken zu tragen, aber sie versuchte es, und sie versuchte, schnell durch die Menschenmenge zu gehen. Es war harte Arbeit. Harare war hektisch und gleichgültig.

Mazvita. Ihre Augen sahen nichts. Sie führten sie einfach weiter. Sie hatte das Sehen aufgegeben, als sie den grausamen Bruch auf ihrem Rücken spürte. Sie hatte sich selbst vom Sehen befreit, denn es war leichter, blind zu sein und dennoch weiter zu reisen. Sie hatte ihre eigenen Augen aufgegeben, weil sie es so wollte. Das Ritual war erfüllend und vollständig. Sie hatte jede Möglichkeit zu träumen verloren. Sie fühlte sich weniger belastet, weniger anfällig für Verletzungen. Schließlich hatte sie sich selbst so unheilbar verletzt, daß sie nicht tiefer verletzt werden konnte nach einer so schmerzlichen Verletzung. Leer und verlassen ging sie vornüber gebeugt. Es konnte sie nichts mehr treffen.

Die Stadt drängte weiter. Es war 1977. Es war nicht

weiter bemerkenswert, eine Frau zu sehen, die ein blindes Starren auf dem Gesicht und ein Baby gespreizt auf ihrem Rücken trug. Es war nicht weiter bemerkenswert, traurig zu sein. So war die Stadt. Leiden war einheitlich. Instinktiv sicherte man sich eine eigene Art des Leidens, eine eigene Art, weiterzugehen. Es war wichtig, weiterzugehen. Das wußten sogar die Menschen, die auf den Straßen gestorben waren – sie schleppten sich in die Gassen.

Sterben, richtig ausgeführt, konnte mit Vorankommen verwechselt werden.

11

Stoff wurde zerrissen, und die Kinder rannten mit nackten Schultern zu ihren Müttern. Sie krochen unter dem Stacheldraht hindurch und standen vom Boden auf, um sich ihre zerkratzten Knöchel zu reiben.

Das Gebäude stand in einer Lehmreihe am Rande des Stacheldrahts. Zwei Wände waren aus Lehm und Pfählen parallel zueinander gebaut und dann unterteilt worden, um kleine, enge Räume für die Arbeiter zu schaffen. Auf einer Seite waren niedrige Eingänge in die Wände geschnitten. Das Gebäude war mit Grasbündeln gedeckt. Das Gras hing tief hinter den Hütten herunter. Zwischen den Bündeln waren Lücken, durch die der Rauch entkommen und die Sonne ungehindert hereinfließen konnte. Und der Regen. Oft sammelten die Männer breite Plastiktüten, die gebraucht wurden, um den in die Stadt transportierten Tabak zu bedecken, und spannten sie über die Löcher. Das Dach bestand aus unterbrochenen Ehen zwischen Plastik und Gras. In einer Reihe waren bis zu sechs Unterkünfte. Es wurde nicht genug Land gewährt, um die Hütten großzügiger auszulegen.

Am Eingang, der vom Rauch geschwärzt war, stand Nyenyedzi und beobachtete Mazvita. Sie kniete neben dem Feuer und kochte das Abendessen. Sie spürte, daß er dort stand, denn der Lichtstreifen, der das Zimmer erhellt hatte, war verschwunden. Er sagte nichts. Er kam mit langsamen, zurückhaltenden Schritten herein und setzte sich an die gegenüberliegende Seite des Feuers.

»Soll ich dir noch Holz holen?« fragte er. Seine Frage war belegt und sehnsüchtig. Die Tasche, die sie bereits gepackt hatte, war in den hinteren Ecken des Zimmers versteckt. Unter der Decke, die gefaltet zwischen den Dingen lag, die sie sich geteilt hatten. Bevor sie dieses hier teilten. Sie fühlte ihre schwere Trennung. Sie blies kräftig ins Feuer und hielt inne. Sie hielt ihren aufsteigenden Atem an. Sie hielt ihren Atem an der Stelle, an der ihre Brust gedehnt war. Sie hielt diesen geteilten Augenblick in ihrem Mund. Sie hielt inne. Sie ließ ihren Atem frei, den sie leise aus ihrem Mund und tief aus ihrem Bauch gesammelt hatte. Ihr Kopf sank herab.

»Ich habe nicht gesehen, daß du gekommen bist. Das Essen ist fast fertig.« Sie stand auf, drehte sich um und holte ein Gefäß mit Wasser. Nyenyedzi stand auf, bückte sich am Eingang, ging hindurch und stand dann draußen. Er wartete auf sie.

Sie folgte Nyenyedzi mit dem Wasser in der Schüssel. Er streckte beide Hände aus, und sie schüttete das Wasser über sie. Er rieb seine Hände aneinander und wusch sie. Sie hielt inne, während er den Schmutz von seinen Fingern rieb. Sie beobachtete, wie er unter seinen Nägeln kratzte, tief in die Rillen bohrte. Seine Nägel waren breit und flach und brüchig, schwarz von der

Erde. Er streckte seine Hände aus, und sie schüttete das Wasser darüber. Das Wasser fiel auf den Boden und spritzte auf ihre nackten Füße. Sie ließ das Wasser sanft über seine Hände hinuntergleiten.

Sie gab ihm die Schüssel, jetzt halbvoll Wasser, und er schüttete das Wassser über ihre Hände. Sie wusch ihre Hände hastig und nervös. Er schüttete das Wasser sehr bewußt über ihre Hände. Sein Flehen beängstigte sie. Das Wasser fiel über ihre bloßen Arme und rann über ihre Handrücken. Sie drehte ihre Hände um und fing das Wasser auf – Tropfen von untergehender Sonne lagen in ihren Fingern. Sie streckte ihre Arme aus und hielt ihre Hände von ihrem Körper weg. Sie wusch ihre Hände und dankte ihm. Sie nahm ihm die leere Schüssel ab, drehte sich um und ging in das dunkle Zimmer, das sie sich geteilt hatten. Er kam vorsichtig hinter ihr her. Das Feuer brannte aus.

»Mazvita«, rief er, als sie hineinging. Sie stand still. Sie konnte es kaum ertragen. Die Stille gehörte ihnen. Sie war schwer.

»Das Land ... wir können es nicht vergessen, es kann uns nicht vergessen«, stammelte Nyenyedzi. Sie trug das Essen auf, und sie aßen. Sie waren im Schweigen, in ihren Ängsten und ihren Wünschen gefangen. Er flehte.

Mazvita kämpfte mit jeder Bewegung ihrer Hand, mit ihren hochgezogenen und fragenden Augenbrauen, mit ihren Füßen unter ihrem Körper, hochgezogenen Schultern, einer müden und feuchten Stirn, geduldig gekrümmten Zehen, mit ihrem Rücken, der sich von ihm wegbeugte.

Er hielt seinen flehenden, verzweifelten Blick. Er rief das Land an, ihm diese Frau zu geben, die er liebte. Er konnte das Land nicht verlassen und ein Mann sein. Er fürchtete sich davor, zurückzukehren und das Land nicht zu erkennen, vom Land nicht erkannt zu werden. Er fürchtete ungewöhnliche Abschiede. Er zog die Geschichte seines Volkes vor.

Die Frau erhob sich über das Land und verachtete sein langsames Versprechen und seine unterbrochenen Verbindungen. Sie hatte diese Willenskraft, und er wußte, daß er ihrer Leidenschaft für Neuanfänge nicht gewachsen war. Er hörte, wie sie kämpfte, hörte, daß sie ihn in dieser Stille besiegte. Er hob seinen Blick von dem Teller mit Essen und begegnete ihr. Die Frau stellte sich mit ihrer Leidenschaft zu entkommen gegen das Land.

»Mazvita«, rief er.

Mazvita hatte einen mutigen, hektischen Blick, den Nyenyedzi nicht erkennen konnte.

Sie waren endlich von den Wünschen des anderen befreit.

12

Mazvita konnte sich nicht mehr an die Frau erinnern, die ihr das Tragetuch verkauft hatte. Amai. Daran erinnerte sie sich. Amai. Sie war wirklich eine Mutter. Es war schwer, eine Mutter zu sein. Auf der Straße konnten andere sie dadurch erkennen, auch wenn sie sich selbst nicht mehr erkannte. Amai. Es tat weh. Amai. Die Stimme der Verkäuferin folgte ihr durch die Menschenmenge, doch Mazvita war nicht länger gemeint. Amai. Gemeint war irgendeine Frau, die vorüberging oder ein Baby auf ihrem Rücken trug. Die eine Mutter sein könnte. Amai. Sie war mit diesem Amai nie gemeint gewesen, zumindest nicht ausdrücklich. Sie hatte die Stimme der Frau als ihre Wahrheit akzeptiert. Das reichte nicht. Mit Amai waren nur ihre Silbermünzen gemeint. Mazvita war allein.

Das weiße Tuch war wie ein gehäutetes Tier über ihren Rücken gespannt. Das Baby lag in dem Tuch mit gebeugtem Kopf. Der Kopf war schwer. Mazvita fühlte, wie der Kopf auf ihrem Rücken immer schwerer wurde. Sie wischte sich mit ihrem einsamen, nackten Arm über das Gesicht, streckte dann ihre Hände aus und legte sie offen auf ihren Rücken über das Baby. Ihre Hände begegneten und schlossen sich hinter ihrem Rücken. Ihre Handflächen wurden warm. Mazvita begrub das Baby in ihren Armen. Mazvita hatte die Ränder der Baybywäsche an die Seiten gesteckt, wo leere Taschen waren – und über den Knien des Babys, wo sich seine Beine um ihre Taille hätten legen können, zusammengeknotet. Es waren die beiden unteren Ränder des Tragetuchs, die sie in ihre Taille schneiden fühlte. Sie hatte die endlos langen, genähten Bänder zusammengelegt und fest verknotet. Sie hatte die Bänder verknotet, um das Gewicht des Kindes aufzuheben. Mazvita begrub das Baby auf ihrem Rücken.

Mazvita bildete immer wieder einen unglaublich festen Knoten, löste die Bänder dann nach einer kurzen Weile wieder und fing noch einmal von vorn an. Sie war überzeugt, daß der Knoten nicht fest genug war. Daß das Baby herausfallen könnte. Daß jemand lange genug stehenbleiben und ihr Geheimnis entdecken könnte. Sie spannte ihre ganze Kraft und alle Erinnerungen ein. Beide wurden bedrohlich dünn. Die Bänder zu lösen war nicht leicht, aber sie kämpfte mit dem Knoten. Sie biß gefährlich, ihr Hals zog nach vorn, in ihren Schultern sammelte sich der Schmerz.

Mazvita führte einen heftigen, ausgedehnten Kampf mit dem Tragetuch. Verknotete es, löste es, verknotete es. Nach jedem Augenblick, den sie sich mit gelöstem Knoten gesichert hatte, beugte sie ihren Rücken vornüber, lehnte sich zum Boden und spürte, wie das Baby nach vorn zu ihrem Hals glitt, nach vorn glitt. Ein stilles Gleiten und ihr Hals wurde kurz vor Kälte. Ihr Kopf fiel nach hinten, zum Baby.

Ihr Kopf begegnete dem des Babys in einem weichen, liebevollen Zusammenstoß. Er wurde weich, der Kopf, der sich an ihren Rücken preßte. Weich. Sie geriet in Panik bei dem Gedanken, doch der Gedanke preßte sich dicht unter ihre Achselhöhlen. Und sie spürte, wie ihr dort der Schweiß ausbrach und wie ein Schauer von salzigen Tränen floß. Die Luft war abgestanden und heiß. Man konnte ihr nicht trauen, und das Baby war so dick eingewickelt. Die Luft hing mit tödlichen Versprechungen über ihren Ohren.

Sie berührte mit ihrem Hinterkopf eine Stelle, von der sie glaubte, es wäre die Stirn des Babys, und war beruhigt. Das Baby fühlte sich fest an. Ihre Knie zitterten, und sie sank zusammen. Mazvita. Sie erinnerte sich zumindest an ihren eigenen Namen. Sie sang ihren Namen für ihr Baby. Tief und langsam. Sie sang tief, tief aus ihrem Inneren heraus für ihr Baby, ein Schlaflied, das aus den Nischen einer uralten Erinnerung kam. Die Melodie war geläufig, doch derb, wie zwischen zwei grausamen Steinen gemahlen. Mit der Melodie konnte Getreide gemahlen, aber keine Zärtlichkeit erweckt werden. Mazvita, sang sie. Sie schmückte ihr Lied aus zu einem rhythmischen, doch vergeblichen Versuch. Sie sang und streckte ihre Arme weit aus in einem spontanen Gruß an die Erde, einem weinenden Abschied. Ihre Arme wurden schwer von dem Kind. Erinnerung. Ihre Arme waren weit wie der Himmel ausgestreckt.

Es war ein lyrisches und freies Lied. Sie schickte ein Lied von ihrem Rücken zu dem wartenden Kind und nährte das Baby mit diesem Lied, mit ihrem Namen. Das Lied war das einzige, das ihr gehörte und an das sie sich erinnerte. Das einzige, was noch einen Sinn ergab, denn die Zukunft hielt ihr Schicksal in Unordnung. Sie konnte das Lied geben. Sie war verzweifelt und verloren. Ein Lied war ein Stück Freiheit, es versprach Geburt und Beginn. Teuer war der Name, mit dem sie das Kind nährte, eine jubelnde Sinfonie, eine bezaubernde und einsame Melodie. Sie sang mit dem letzten Atem ihres Körpers, denn sie war überzeugt, daß es danach kein Leben mehr für sie geben würde. Es war nicht möglich, daß sie begraben wurde und dann lebte. Sie war einen endgültigen Tod gestorben.

Mazvita wußte nicht, ob sie nach Mubaira oder Kadoma fahren würde. Beide Ziele schienen notwendig und sicher zu sein. Sie war hier angekommen. Sie war dort angekommen. Vom Ankommen verstand sie nichts, nur vom Weggehen. Sie verstand es wegzugehen, weil sie das für einen neuen Anfang gehalten hatte. Weggehen war kein neuer Anfang, es war eine Entscheidung vielleicht, oder eine mutige Tat, vielleicht. Haltlose Illusionen hatten ihr Weggehen gekennzeichnet. Geburt war für sie kein neuer Anfang, sondern eine neuere Art des Weggehens, eine seltene und vernichtende Falle. Sie war das Weggehen leid. Mazvita versuchte sich vorzustellen, daß es auch in dieser traurigen Endgültigkeit einen Anfang gab. Es sah aus, als wäre das Ende immer schon da gewesen, als hätte es immer schon gewartet.

Sie konnte sich im Bus entscheiden, was ihr Ziel sein würde. Es war egal, denn das Ziel war nicht mehr als ein weiterer Ort auf ihrer Reise. Sie sah sich selbst ohne Anker weitergehen, immer weitergehen, mit dem Gewicht des Babys auf ihrem Rücken. Sie würde dieses Leiden nie wieder loswerden. Das Baby war ihr eigenes, ihre ureigene Last. Jetzt mußte sie erst einmal einen Platz im Bus bekommen.

Ein Teil von ihr glaubte, daß beide Richtungen einen neuen Anfang bargen. Sie hatte die seltene Gelegenheit, ihren neuen Anfang zu wählen und ihre Vergangenheit aufzuheben. Sie konnte den Ort der Geburt oder den Ort der Liebe wählen. Beide bargen einladende Verwicklungen, strahlende und elegante Leidenschaften. Sie hatte zweimal in ihrem Leben neu angefangen, vielleicht dreimal, vielleicht so oft, daß sie es nicht zu zählen brauchte, denn was war schon ein neuer Anfang?

Mazvita wußte, was ein Wasserfall war, denn sie hatte am Rande einer Felswand gestanden. Sie hatte nichts gewußt von diesen rauhen und verlassenen Orten, an denen man weiterleben konnte, obwohl ein gewaltiger Fluß einem über den Kopf stürzte und Steine folgten und Felsbrocken gegen die Schultern schlugen und man schrie und schrie. Man konnte an diesen unbewohnbaren Orten leben.

Mazvita merkte, wie sie stolperte und fiel. Unter ihr war kein Boden. Nur ein endloses Echo, das in eine laute und gleichgültige Dunkelheit wirbelte, während ihr Körper ihm folgte. Sie war nicht so gefallen, denn sie lag auf dem harten Boden, stützte sich auf ihre rechte Handfläche und richtete sich schwerfällig auf. Sie fand ihr Gleichgewicht und ging weiter. Immer noch hörte sie das Echo, dem sie gefolgt war. Sie mißtraute ihm. Ihr Arm war an der Seite, auf die sie gefallen war, mit Staub bedeckt. Ihr Gesicht war verletzt. Sie strich mit trockener Zunge über ihre aufgeplatzte Oberlippe.

Es gab Teile ihrer selbst, denen sie nicht trauen durfte. Die Wahrheiten, die in ihrer Phantasie entstanden, waren der größte Teil ihres Mißtrauens und ihrer Hoffnungslosigkeit. Sie traute nur dem kalten Gewicht auf ihrem Rücken – den kleinen Zehen, gekrümmt und kalt. Sie streckte ihren Rücken. Sie stand still.

Mazvita brauchte das Baby und das Tuch und die letzten Reste ihres klaren Verstands, um sich vorwärts zu treiben, so schwer trug sie an dem Gewicht auf ihrem Rücken. Sie löste noch einmal die Bänder, vorsichtig und schnell.

Wie gewohnt warf sie einen lauten, suchenden Blick in ihre Umgebung. Das Baby war kostbar. Nicht so kostbar wie Edelsteine, sondern wie fein gemeißelte Hoffnung. So war es mit dem Baby.

Sie löste die Bänder. Sie schaute verzeifelt um sich. Der Schmerz riß an ihrem Rücken. Der Verrat war ihr so vertraut, daß sie ihn ignorierte ohne ihre Aufgabe zu unterbrechen. Ihre Finger waren unvorstellbar geschickt geworden, wie es ihrem Leiden entsprach. Ohne ihren Kopf zu heben, bewegte sie ihre Augen verstohlen nach links, verstohlen nach rechts, und schloß sie dann mit einer ununterbrochenen Bewegung. Ein Schrei drohte ihrer Kehle zu entkommen. Ihre Kehle war zugeschnürt und dennoch fühlte sie, daß der Schrei wie ein Wasserstrom in ihren Mund stieß. Sie hielt ihre Augen fest geschlossen.

Sie beugte sich vor und spürte, wie sich das Tuch an ihren Schultern lockerte. Es schnitt in ihre Schultern, das Tuch. Es durchbohrte die Stelle, an der ihr Arm vorschwang und zurückschwang. Ihr Arm schwang so locker wie feuchte Rinde, die an einem Stamm hing, frisch geschält. Sie war überrascht, daß sie noch die Bewegungen ihres Arms bestimmen konnte, ihn nach vorn bringen konnte, die letzte Kraft aus ihm herausziehen und sie auf den Knoten im Tuch übertragen konnte. Wie sollte sie diesen Knoten lösen, ohne sich dabei hinzulegen und zu sterben.

Sie hatte ihre Freiheit verloren. Der Tod war eine andere Art Freiheit, und sie sehnte sich danach. Nach ihrem Tod.

Sie hütete eine Sehnsucht, tief wie der Tod.

13

Mazvita brauchte niemanden zu kennen. Sich selbst nicht, niemanden. Bekanntes war ein Hindernis. Legte dir Fesseln an. Danach fingst du an, Menschen zu erkennen. Dich selbst zu erkennen. Das war die Gefahr. Das Beste war, anonym zu bleiben. Manche Dinge kannst du einfach nicht verstehen. Harare war so. Hier zu sein war gar nicht hier zu sein, das machte das Hiersein aus. Es war etwas Besonderes. Die Abwesenheit füllte dich. Sie schlich sich nicht an, versuchte nicht, dich sanft und unerkannt zu überraschen. Du gingst direkt darauf zu, hart wie eine Wand. Hart treffende Härte. Beton und Fels trafen dich an der Stirn, und mit ein bißchen Glück wurde dir der Schädel gebrochen. Dann brauchtest du dich an nichts zu erinnern. Die Abwesenheit war vollständig. Ein neues Leben fing an, wuchs um dich herum, umarmte dich wie ein Orkan. Manchmal brachte es dich um. Das war das Gute an Abwesenheit. Ihre Zuverlässigkeit. Ihre zweifelsfreie Fähigkeit zu schaden. Das mochten die Menschen an Abwesenheit. Sie waren es leid, hier zu sein und an jedem Gedanken zu ersticken. Denken war gefährlich. Abwesenheit noch mehr. Sie wählten die größere Gefahr und kamen ungeschützt, bereit, verletzt zu werden. So naiv war ihre Vorstellung von Freiheit.

Freiheit war rund und weich und gelb wie eine Sonne, die auf der Erde lebte und die in der Hand gehalten werden konnte. Doch wer hatte schon von einer in der Hand gehaltenen Freiheit gehört. Trotzdem suchten alle nach einem Ei, das für sie allein gelegt wurde, direkt in ihre Hand gelegt, warm, feucht, weich.

So war es, als sie in der Stadt ankam. Sie spürte eine seltene Freiheit, die sie ungeduldig erwartet hatte. Die Freiheit ging einfach über sie hinweg. Die Gebäude waren so hoch, daß sie sich am liebsten geduckt oder im Boden eingegraben hätte – egal was, nur nicht aufrecht gehen. Sie brach auf dem Bürgersteig zusammen und sah die Autos vorbeifahren. Sie hockte auf einem kalten Betonblock. Zahllose Füße gingen vorbei. Harare war eine Seuche. Füße rauschten vorbei. Die Stadt brauchte sich nicht zu entschuldigen. Die Stadt war pünktlich. Harare war in Stimmung. Die Straßen hatten vier Räder, waren schwarz geteert und in Bewegung.

Niemand warf ihr einen mitleidigen Blick zu. Sie war gar nicht da. Ihr Name war ihrer allein, und sie konnte ihn jederzeit ändern. Sie nannte sich Rosie, während sie dort saß, und lachte innerlich. Sie nannte sich Mildred ... dann Margaret ... dann Angelina ... dann Constance ... Juliet. Julie war ihr lieber als Juliet. Mazvita würde sie bleiben. Sie wollte sich nicht erinnern, wie Nyenyedzi sie genannt hatte. Ein solcher Name eignete sich nicht dazu, mitten in diesem Getöse erinnert zu werden. Überall, wo sie hinschaute, war die Stadt hektisch, und sie schaute überall hin.

Es war eine seltene Art Freiheit, so hektisch und zielgerichtet zu sein. Sie fragte sich, was mit den Alten geschah in dieser Stadt, die so entschieden frei war. Alte hemmten Bewegung, hemmten Träume. Die Stadt war ein Ort, der seine Alten versteckte. Vielleicht lebte hier niemand lange genug, um zahnlos zu werden. Wer hier keine Zähne hatte, hatte kein Leben. Soviel war klar. Sie dachte nicht daran, daß auch Junge eines natürlichen Todes sterben.

Füße bewegten sich in Wirbeln von freifließendem Stoff. Männer und Frauen trugen Hosen. REVOLUTION – ein kleines Etikett an der Taille in schwarz und weiß. Die weiten Beine der Hosen kreisten und kreisten. Es war auch die Zeit der Plattenspieler und Langspielplatten. Freiheit näherte sich kreisend. Endlos und benebelnd. Was war Freiheit, wenn sie begrenzt und eingefangen und weitergegeben werden konnte? Freiheit war ein belebender und persönlicher Gedanke. Du mußtest deine eigene Freiheit anhaben, um sicher zu sein, daß sie angekommen war. 1977. So wurde Freiheit zum Ausdruck gebracht. Die Menschen gingen in die Geschäfte und kauften sich Revolutionen. Wenn deine Revolution weiß und weit war, hattest du deinen Traum eingekreist und eine vollständige Revolution geschafft, sicherer als die Sonne. Jede Hoffnung hatte ihren eigenen Satelliten. Das Jahr eignete sich eigentlich nicht für Kometen, auch wenn Feuer den Himmel färbte. Das Feuer war der äußere Rand des Traums, nicht der Traum selbst. Der Traum war körperlich, eine Zärtlichkeit. Er kreiste um Fußgelenke. In dehnbare Silhouette gekleidet, starbst du auf der Straße, und es war egal. Du konntest verhungern. Alle waren Revolutionäre, falsch gekleidet und ohne Speer. Zeitschriften zeigten ehemalige Sklaven mit einem neuen Evangelium der Wahrheit und Freiheit. Doch hier hatten sie nicht das Blut unersättlicher, weißer Herren geerbt und bemühten sich daher besonders um das feine Afro-Haar.

Die Männer erhitzten engzahnige Afrokämme aus Metall und bauschten ihr Haar auf. Die Frauen, die bereits wußten, daß Freiheit käuflich war, gingen in glitzernde Ambi-Geschäfte und kauften sich ihre fertigen Afro-Perücken. In dieser Aufmachung bestätigten sie eine brandneue Unabhängigkeit. Unabhängigkeit war Erinnerung und Stil. Schwarz war noch nie so schön wie zu der Zeit, in der es Sklaverei mit Freiheit vermählte.

14

Es gab keine Begrüßungen, Vorspiele oder Rituale des Kennenlernens. Jedenfalls keine, die Mazvita erkannte. Der Mann kam auf der Straßenseite, an der sie saß, mit leichten, schlendernden Schritten heran. Er schwang wirkungsvoll auf sie zu. Sie sah seinen Arm vorschwingen. Er schwang seinen Arm in auffallenden und bewußten Gesten der Freiheit. Er stand auch nicht still, als er sie fragte, ob sie eine Unterkunft brauchte. Er hatte so einen Blick ... Sie glaubte gern, daß er einfach hilfsbereit war. So naiv war ihre Vorstellung von seiner Freiheit.

Er war groß, und wenn er redete, entfernte sich seine Stimme wie unerwartet zischende Sprenkel. Sein Gesicht war rund und klein, und sein Mund war breit. Sein Mund schien nicht zu seinem Gesicht zu passen. Seine Zähne waren gleichmäßig unter seiner kleinen Nase verteilt. Er schwang wiederholt seinen Arm zu seiner Nase und wischte sie sich ab. Er schwang seinen rechten Arm auf diese Weise nach jedem Satz, dazwischen hing sein Arm wie hilflos. Die Geste machte ihn sympathisch. Es war nicht klar, ob er sich die Geste angewöhnt hatte, um auf seine Nase aufmerksam zu machen oder um sie zu verstecken. Genauso war es mit seinen Beinen. Sie waren dünn und lang und schwangen bei jeder Bewegung nach vorn. Es war möglich, daß er überlegt hatte, sich die Nase mit seinem rechten Bein abzuwischen. Mazvita starrte ihn fasziniert an.

Er bot ihr an, sie mit nach Hause zu nehmen auf seinem Fahrrad. Seine Finger schwangen und zeigten von seinem Handgelenk zum Fahrrad, das auf der anderen Straßenseite wartete. Er zog seinen Kopf zu ihr hin, zum Fahrrad, zurück zu ihr. Die Entscheidung war leicht.

Mazvita hatte noch nie auf einem Fahrrad gesessen. Der Gedanke machte sie fremd, bereitwillig und leichtsinnig. Er belebte sie. Es schien unvermeidlich, ihr Leben in der Stadt mit einem komplizierten Unternehmen zu beginnen. Sie gingen zusammen zum Fahrrad. Er schwang ihr entschlossen voraus. Er schaute suchend zurück, um sich zu versichern, daß sie folgte. Sein Kopf warf einen schnellen Blick zurück und fegte nach vorn. Sie beobachtete das Neue an ihm mit einem faszinierten Starren. Sie hielt ihren Kopf vorsichtig über ihren Schultern. Die Autos hielten kreischend, fuhren weiter, kreischten wieder.

Sie mußte sich mit beiden Beinen zu einer Straßenseite hinsetzen und, wenn er um eine Kurve fuhr, ihren Körper aufrichten, um ihr Gleichgewicht zurückzugewinnen. Das ganze Unterfangen war frei, angenehm, leichtsinnig und gleichgültig. Eine öffentliche Zurschaustellung. Weil sie so vertieft war in ihre eigene Freiheitsidee, sah sie nicht, daß niemand sie bemerkte. Prunkvolle gelbe Blüten gaben ihrer Erinnerung Hoffnung. Dann fuhr sie um eine Kurve und begegnete einer Frau, die genau wie sie auf dem Fahrrad saß, und sie wollte ihrer gemeinsamen Freiheit zuwinken. Aber sie mußte sich mit beiden Händen am Sitz festhalten, wenn sie nicht ihr Gleichgewicht verlieren wollte, und so zögerte sie. Außerdem gab es kein Zeichen des Wiedererkennens oder der Gemeinsamkeit, als sie die Frau ansah.

Der Mann brauchte nicht viel Zeit, sie kennenzulernen. Er war beweglich.

»Joel. Ich bin Joel.« Er warf ihr einen fragenden, zögernden Blick zu, drehte sich dann um und schaute in die Ferne.

»Mazvita«, sagte sie warm. Sie gewöhnte sich an dieses flinke Wesen. Sein Mund war breit. Sie erwartete ausführliche Erklärungen von ihm. Seine Worte waren schnell, jeder Schritt von ihm war schnell. Joel.

Joel gefiel seine neue Freundin. Sie war schüchtern und selbstbeherrscht. Sie würde ihn nicht um Geld bitten wie die vielen anderen Mädchen, die er gehabt hatte. Er würde alles tun, sie hier zu behalten. Zumindest bis er ihrer überdrüssig war. Joel war ein Wunder. Er fuhr durch viele Straßen und scherte sich nicht um die Autohupen. In seiner Sprache lag eine Schnelligkeit, Schnelligkeit in seinen Bewegungen, überall Schnelligkeit. Ihr war diese Art nicht suspekt. Sie starrte seine schnellen Beine und Finger einfach an. Er blinzelte so schnell mit den Augen, daß er nur durch ein Wunder überhaupt etwas sehen konnte. Nyenyedzi war nicht so schnell. Im gleichen Moment an diesen Mann und an Nyenyedzi zu denken, ließ sie lachen. Dieser Mann war wie eine Maschine, bereit, vorwärtszukommen. Sie fragte sich, ob alle Männer in der Stadt so waren. Er fragte nicht mal, ob er sie berühren durfte, sondern zog seine Kleidung aus, ließ sie auf den Boden fallen und legte sich neben sie. »Schlafen ... Schlafen«, sagte er danach. Er faßte sich kurz. So begann ihr gemeinsames

Leben. Es gab kein Gespräch, keine Zustimmung, keinen Vorschlag. Sie waren sich begegnet und blieben zusammen.

Es war ungewöhnlich, aber es war eine göttliche Freiheit. Rituale können einengend sein. Anstelle dessen hatten sie grenzenlose Möglichkeiten zu träumen, irgendwohin zu reisen, wenn es ihnen eingefallen wäre. In Wahrheit konnten sie die Möglichkeiten nicht nutzen. Dennoch hatten sie die Möglichkeit, und sie machten sie zu ihrer Wahrheit. Rituale waren in Harare nicht praktikabel, also vergaßen sie sie und schufen leere Räume, in denen sie ziellos umherwanderten. Manchmal war es eine Qual, so wenig von dem zu haben, was zählte. Doch die Leere gehörte ihnen, und sie war echt.

Joel schlug nie vor, mit ihren Eltern darüber zu sprechen, daß er mit ihr zusammenlebte. Mazvita wunderte sich manchmal darüber. Obwohl sie sich eingeredet hatte, daß das Freiheit war, konnte sie nicht so leicht vergessen, woher sie kam. Sie lebten, als hätten sie keine Vergangenheit und keine Zukunft. Sie lebten, weil sie am Leben waren, weil einer ein Mann und die andere eine Frau war, und weil es in ihrer Natur lag, einander zu brauchen. Diese spontanen Bedürfnisse brauchten keine Entschuldigungen. Keine Entscheidungen oder Erinnerungen. Die Gegenwart war bis zum Rand mit Ekstase und Umrissen eines Traums gefüllt. Nichts stand ihrer Realität im Wege. Sie richteten sich ein in ihrem gemeinsamen Leben, in dem Joel morgens aus dem Bett sprang und abends hineinsprang. Sie paßte sich seinem Rhythmus an. Sie mochte ihn. Er hatte Harare für sie angenehm und zugänglich gemacht.

Joel wachte im frühen Morgendunst auf. Er erzählte ihr nicht, wo er arbeitete. Das war ein überflüssiges Detail. Details waren lästig. Also stolperten sie darüber und gingen weiter. Sie schoben sie beiseite, versteckten sie, oder verbrannten sie – sie taten alles mögliche, damit sie sie nicht enthüllen brauchten. Es war besser, das Unbekannte weiterbestehen zu lassen, denn so blieb alles neu und aufregend. Details deuteten auf Kommunikation und Intimität. Das Wichtigste an Freiheit war, Grenzen weiterbestehen zu lassen, auch wenn diese Grenzen fragwürdig waren. Mazvita und Joel lebten einfach zusammen und hielten ihre Vergangenheit fern voneinander. Es war egal, wo sie hergekommen waren. Es ging diejenigen, die sie auf die Welt gebracht hatten, nichts an. Die Stadt war überfüllt mit verzerrten Tönen.

Mazvita wurde eine tüchtige Haushälterin. Sie bügelte Joels weiße Hemden, bis sie strahlten. Joel saß am Wochenende auf dem kleinen Bett in einem frisch gebügelten Hemd und blätterte in der Zeitschrift Scope. Weiße Frauen in knappen Bikinis schmückten die Titelblätter der Scope. Joel las zerfetzte und fleckige James-Hadley-Chase-Bücher und grinste wunderlich. Eines Tages las er eine Ausgabe von Der Mini-Killer und schlief mit ihr auf dem Boden. Es ging so sehr schnell. Sie fragte sich, was an diesem Hadley Chase war. Er hielt ihren Kopf in seinem gebeugtem Arm und las.

15

Der Bus war voll von Menschen. Sie drängelten und fanden einen Platz, auf den sie sich setzen und einander begrüßen konnten. Begrüßungen, die reine Richtungsbestätigungen waren.

»Fahren Sie nach Mubaira?«

»Ja, ich fahre nach Mubaira, und Sie?«

»Ja, ich fahre nach Mubaira. Meine Frau wartet da

auf mich. Es ist unser Zuhause, weil meine Frau da ist. Sie bestellt das Feld.«

»Ich arbeite ebenfalls in der Stadt. Meine Frau bestellt auch das Feld. Die Stadt ist nur gut fürs Geld, das wir dort bekommen. Ich kann meine Frau nicht hier mit mir leben lassen. Die Stadt ist korrupt. Eine ernsthafte Frau wird es nicht schaffen, dort zu leben. Eine Frau kann ihren Kopf verlieren. Nur ein Mann schafft es in diesen Straßen, mit diesen Lichtern und Polizisten zu leben. Es ist fürchterlich dort. Wenn du eine Frau aus der Stadt heiratest, hast du ein Feuer gemacht und dich drauf gesetzt. Sie wird dir sogar sagen, daß du kochen sollst. Sie wird dich bitten, ihr zu helfen, ihren BH aufzuknöpfen. Was ist das für ein Ding? Ich ziehe eine Frau vor, deren Brüste frei sind und warten. Nimm mich mit nach Hause jetzt jetzt ... sagen die Frauen zu einem Mann, der vorbeigeht ... die Frauen schwingen die Hüften, schwingen ihre in Plastikarmbänder gehüllten Arme. Frauenbeine sind Nylon und lang. Die Hakken berühren den Boden nicht. Handtaschen schaukeln an Armen, schaukeln über die Straße. 1977. Unter jedem Stein ist ein Skorpion. Die Stadt macht die Männer unruhig und heiß. Die Freiheit in der Stadt! Meine Frau bleibt zu Hause; wir hatten eine gute Erdnußernte letztes Jahr. Ganze zehn Säcke. Ich frage mich, wie sie es geschafft hat. Aber die Kraft von Frauen ist nicht zu unterschätzen.«

»Das sind nicht die Frauen. Das ist der Regen. Letztes Jahr hat es viel geregnet. Die Frauen brauchten nicht mehr zu tun, als zu ernten.«

»Ernten ist Arbeit.«

»Ja. Frauenarbeit. Frauen haben starke Rücken. Männer können sich nicht den ganzen Tag so bücken. Männer können sich nicht wie Frauen bücken.«

»Und außerdem ein Baby auf dem Rücken tragen. Der Rücken von einer Frau ist für die Arbeit gemacht. Der Rücken von einer Frau ist stark wie Stein.«

»Der Bus ist voll. Es ist so heiß heute. Ich weiß nicht, ob es in diesem Jahr so regnet wie im letzten. Die Welt hat sich geändert. Wer hat schon mal von so einer Hitze gehört. So eine Hitze bringt den Tod.«

»So eine Hitze bringt Regen. Sie kommt nie allein. Sie bringt gute Ernten. Wenn die Erde so durstig ist, regnet es später in Strömen. Es wird so viel regnen, daß wir unsere Hütten abdichten müssen, sonst werden wir im Freien sitzen.«

»Der Rücken einer Frau kann Wunder vollbringen. Wir hatten eine so gute Erdnußernte letztes Jahr. Dann kam der Mais. Sie können sich das nicht vorstellen. Der Mais füllte vier große Kornspeicher. Wenn in diesem Jahr kein Regen fällt, sind wir für drei Jahre abgesichert – mindestens.«

»Wir haben auch eine Menge geerntet. Aber ich bin sicher, diese Hitze bedeutet Regen. Ich habe vor, die ganze Ernte zu verkaufen und einen Pflug zu kaufen. Dann werden wir wahrhaftig die Felder für eine Ernte vorbereiten, die jede andere übertrifft. Da bin ich mir sicher. Diese Hitze bringt Regen.«

Der Schaffner tauchte zwischen die vielen Köpfe und zwischen die beiden Männer, die sich einen Platz teilten und redeten. Der Schaffner tauchte zwischen die Köpfe, die in leuchtende, helle Tücher gekleidet und mit kleinen, lockeren Knoten hinten an den Köpfen der Frauen zusammengebunden waren. Die Tücher hatten feuchte Ränder und trugen oben große Schweißflecken. Es war heiß im Bus. Die Frauen hatten ihre Babys von ihren Rückenbefreitundhieltensie.DiemeistenBabysschliefen.

Der Schaffner verteilte Fahrkarten und erhielt Geld.

Er trug eine schwarze Ledertasche fest um die Taille gebunden, die bei jeder seiner flinken Bewegungen hüpfte. Er erinnerte an eine aufgeregte Heuschrecke, die im hohen Gras verloren war. Er konnte die Passagiere, die noch nicht gezahlt hatten, ohne jede Mühe aufspüren. Er hielt seine Nase zusammengekniffen wie ein Leberfleck, den er sicher zwischen seinen Augen bewahrte und drehte dann seinen Kopf sehr schnell zur Seite. Die Ledertasche war eine ständige Erinnerung an seine Wichtigkeit. Seine Stirn versteckte sich hinter einer gewaltigen Locke aus dickem, schwarzem Haar. Er zog seinen Arm zurück, schob ihn in die Ledertasche, suchte ein paar Münzen aus und machte einen Satz nach vorn. Sein Hals zuckte zur Seite. Er schoß an Mazvita vorbei, obwohl sie nicht gezahlt hatte.

Mazvita sah ihn an ihr vorbeigehen. Sie sah ihn verschwinden zwischen den Bergen von Kartons, die den Weg nach hinten blockierten. Er tauchte hinter den Blockaden auf – über dem großen Karton, der mit einem schwarzen Gummiband fest zugebunden war.

16

Als Mazvita in Harare ankam, war sie bereit, sich ihre Freiheit zu nehmen. Hier beschützten sie die Hügel und das Land. Harare bannte Erinnerungen, verstärkte Hoffnung. Mazvita hatte den tiefen Wunsch zu wachsen. Sie vertraute der Zukunft, ihrem Wachsen und ihrem Wunsch. Sie glaubte an neue Wirklichkeiten, weil sie auf ihre eigene Kraft, sich zu ändern und sich anzupassen vertraute. Sie hieß jeden Tag willkommen, tief überzeugt von ihrem Streben, von ihrer Fähigkeit neu anzufangen, von ihrer Zugehörigkeit. Mazvitas Glaube an ihre eigene Wirklichkeit war unerschütterlich. Sie glaubte an die Wandlung, die von neuen Landschaften versprochen und zugelassen wurde, die von der besonderen Art des Fremdseins in Harare freigesetzt und ermutigt wurde. Mazvita erkannte Harare als die grenzenlose Stadt, in der sie träumen und entkommen konnte.

Mazvita zehrte von ihrem Drang nach Befreiung, der sie hierher geführt hatte. Sie ging nicht leichtherzig mit ihrem Bestreben um. Sie hoffte nur, von den für sie unausweichlichen Kompromissen nicht verletzt zu werden. Joel war für ihre Existenz unvermeidlich.

Mazvitas Wunsch nach Zeit bedrückte sie. Sie wußte, daß ihre Überzeugung nicht mit dem Harare, dem sie begegnete, übereinstimmte. Harare stellte die Trennungslinien zwischen Tag und Nacht in Frage und bot Entfernung zur Zeit an. Denn hier zu sein bedeutete auch die Grenzen der Tage, die Herausforderungen der Zukunft zu vergessen. In Harare konnten Jahre vergehen, und es war, als wäre man gestern erst angekommen. Die Entdeckungen, die die Stadt bot, waren verlockend und zahllos ... Die Stadt war herablassend. Sie fragte, bist du erst gestern angekommen? Schlaf und Gemächlichkeit wurde den Menschen der Stadt nicht gewährt. Zum Schlafen blieb kein Raum, denn ein Tag kam zum anderen ohne Unterbrechung. Und wenn du lange genug dabei warst, machtest du nicht mehr die Art Fehler, die deine Unfähigkeit, mit der Zeit zu fließen, offenbarten. Was aber bedeutete es, lange genug hier zu sein, wenn es keinen wahren Maßstab für Zeit gab?

Zeit war kostbar. Mazvita wurde von dieser wirbelnden Zeit und befreiten Existenz mitgerissen. Dennoch lasteten die ersten Tage mit Joel schwer auf ihr, weil sie die Zeit brauchte, ihre Freiheit zu sichern. Sie fürchtete, daß jeder Tag ohne Arbeit sie näher zu Joel zog und ihre Abhängigkeit verstärkte. Sie hoffte, die Zeit, die sie mit Joel verbracht hatte, nachholen zu können, denn sie brauchte sie für sich und ihr Wachsen. Sie teilte nicht den Glauben, daß Zeit ununterbrochen war und endlos, daß all das, was sie heute nicht geschafft hatte, leicht nachzuholen war. Sie hatte die Zukunft nicht auf dieselbe Weise wie die Menschen in der Stadt verbannt. Sie wurde nervös und unruhig, wenn sie an die Zukunft dachte.

Sie war müde, als kämpfte sie mit einem starken Strom, der sich ihr entschlossen entgegen bewegte. Die Zukunft bedrohte sie, sie war groß. Sie wollte nicht leer in die Zukunft fallen. Sie wollte nicht von ihr überrascht werden, also bemühte sie sich, auf jeden Augenblick vorbereitet zu sein, bevor der Augenblick eintraf. Sie versteckte sich, so oft sie konnte. Die Zeit ging weiter und zog sie aus ihrem Versteck hervor. Mazvita sehnte sich nach einer Zukunft, in der sie zurückschauen und sich erfüllt fühlen konnte. Ihre Zeiteinteilung war entsprechend vorsichtig und mühselig.

Sie hoffte auf Erfolg. Erfolg konnte nur gemessen werden, indem die Vergangenheit mit der Zukunft verglichen wurde. Während Harare das Tempo für ihre Existenz angab, setzte Mazvita sich über diesen Augenblick hinweg. Mazvita war es leid, ihre Visionen hinauszuzögern. Sie versuchte, die endlosen, doch einladenden Ambivalenzen, die die Stadt definierten, zu verstehen. Sie wog die Angebote und Verweigerungen, die Aussagen und das Schweigen der Stadt vorsichtig ab.

Nachts brannte und vermischte sich gelbes und weißes Licht, und der Blick wurde weiter – in der Ferne eine Vorhersage ihrer Befreiung. Es war nicht so wichtig, daß sie in der Dunkelheit lebten, ohne solche Lichter. Es war nur wichtig, daß sie in der Nähe dieses außergewöhnlichen Anblicks und des vibrierenden Lichts lebten. Die Stadt empfahl leuchtende Ziele. Mazvita spürte sofort, daß es etwas gab, auf das man in Reichweite der Stadt hoffen konnte. Angst heftete sich an ihre Ankunft, doch die Angst war aufregend, weil sie Erlösung bot. Mazvita erlaubte sich Hoffnung. Joel war einfach eine andere Form der Stadt, ein Aspekt ihrer möglichen Freiheit.

Sie hatte Joel kennengelernt. Sie mochte Joel. Sie lebte mit Joel. Joel war nicht Nyenyedzi, und sie hatte Nyenyedzi verlassen. Sie träumte keine Träume von Joel. Sie träumte Träume von sich selbst. In Harare jedoch brauchte sie Joel für ihre Träume. Ein Teil ihres Harares war Joel. Joel machte Harare zugänglich. Die Stadt schloß Joel mit ein.

Mazvita wußte, daß Joel Teil einer Definition von Harare war, mit der sie nicht gerechnet hatte. Sie hatte nicht mit der Stadt in ihrer Gesamtheit gerechnet. Es waren mehr Kompromisse einzugehen, als sie erwartet hatte. Sie suchte Arbeit, während Joel weg war. Mazvita sah bald, daß Joel seine eigene Vorstellung von der Stadt hatte und dabei war, sie in diese Vorstellung mit einzuflechten. Sie wollte auf keinen Fall nichts anderes als ein Aspekt seines Traums sein.

Mazvita war frei von Joel. Sie hatte ihren Traum zuerst gesucht, vor ihm, und es war nicht möglich, daß sie an seinem instinktiven Traum scheiterte. Sie erlaubte Joel zu glauben, sie hätte keine Zukunftspläne. Die Täuschung war leicht vollbracht, denn schließlich galt die Zukunft in Harare als gegenwärtig und dringend. Joel glaubte gern, daß er für Mazvita eine fraglose Form der Zukunft war.

Anfangs suchte sie Arbeit an völlig falschen Orten.

Anfangs suchte sie Arbeit an völlig falschen Orten. Dann erfuhr sie, daß sie am ehesten Arbeit finden würde – nicht in den raucherfüllten Industriegebieten, sondern in den wohlhabenden Häusern, die auf der anderen Seite der Hügel lagen, hinter dem gelben Horizont, dem sie jeden Abend begegnete. Mazvita war ganz sicher nicht in die Stadt gekommen, um die Kinder von Fremden zu versorgen. Sie würde eine andere Stelle suchen. Sie wartete. Sie dachte sehr angestrengt über die Arbeit nach, die sie gern hätte. Sie träumte von ihrer Befreiung von Joel. Sie bat ihn nicht gern um Geld und fühlte sich unbehaglich, wenn sie es tun mußte. Es reichte, daß sie in seinem Zimmer wohnte und das von ihm gekaufte Essen aß. Er ermöglichte ihr eine Atempause, während sie dringend Arbeit suchte. Hauptsächlich suchte sie die Person, die sie war, denn sie hatte gemerkt, daß sie in der Stadt eine Neue und Andere war, eine, die sie noch nicht kennengelernt hatte. Mazvita mußte ihr Harare finden. Sie mußte eine Stimme finden, mit der sie sprechen konnte, ohne sich vor sich selbst zu verstecken. Sie mußte ihren Blick heben, wenn jemand mit ihr redete, sonst verriet ihre Unerfahrenheit sie. Sie mußte mit mehr Hingabe und mit weniger von jener Zurückhaltung lachen, die sie aus Mubaira mitgebracht hatte. Und sie mußte auch mit energischeren Schritten gehen. Mazvita spürte die Freiheit hier, doch sie versteckte sich vor ihr. Erst einmal mußte sie eine Arbeit finden, dann würde sie vielleicht die Befreiung erleben, die sie sich wünschte. Sie könnte sich sogar von Joel trennen. Und wenn sie bei ihm blieb, dann mit dem Wissen, weggehen zu können, wenn sie es wollte.

Mazvita hoffte verzweifelt, in der Stadt Arbeit zu finden.

17

Joel weckte ihren verlassenen Schrei.

Mazvita war völlig allein, während sie mit Joel zusammen war. Sie schloß die Augen und hörte, wie er sich schnell über ihr bewegte. Seine Bewegungen waren abrupt, als er sie zwischen den zerrissenen Laken suchte. Ein dünnes Licht sickerte durch die zerschlissenen Gardinen und fiel auf ihren Arm über seinem Kopf in der Dunkelheit. Sie sah das Licht nicht. Ihre Augen waren geschlossen. Joel sah, wie sich ihre Augen schlossen und glaubte, daß es ihm galt, seinen Fingern, die ihr Gesicht berührten, die Rundung ihrer Augen berührten und ihre Stirn streichelten. Doch Mazvita war allein. Sie glaubte, daß auch Joel allein war. Es gab keine ausgesprochenen Worte zwischen ihnen.

Durch den Nebel roch Mazvita die muffigen, grauen Decken, die durchgelegene Matratze, eine Fahrradklingel vor dem Fenster schellte, Abwasser floß über Hindernisse in einem Graben an der Straße, ein Mann schrie verärgert einen bellenden Hund an, ein Stein schlug gegen die Wand.

Mazvita versuchte, nicht an Joel zu denken, während er auf ihr lag. Sie versuchte, allein zu sein, doch sie konnte nicht losgelöst von ihm sein, wenn sie sein Gesicht bei sich trug. Also beschloß sie, Joels Gesicht zu vergessen. Es war schwer, Joel zu vergessen. Mazvita begrub Joel im Nebel. Das Begraben war schwer, weil Joel nicht stillhielt. Mazvita wandte ihr Gesicht von Joel ab, als er sich auf sie zubewegte. Sie drehte ihr Gesicht nach unten zum Kissen, doch er drehte ihr Gesicht zurück zu ihm. Er befreite ihren Hals aus seinem Griff.

Sie schloß ihre Augen fester und wartete. Sie wartete, bis sie spürte, wie er ihr Beine zu sich hinzog, bis er beinahe still lag, auf ihr. Er war bewegungslos und schwer auf ihr. Wenn sie sich ein wenig bewegte, würde er auch wieder anfangen, sich zu bewegen. Er sammelte seine Kraft aus ihrer Ruhe. Sie verhielt sich ruhig, um ihm entgegenzukommen. Wenn sie sich in diesem Augenblick bewegen würde, würde er sich abwenden, fluchen, und ihr sagen, sie solle stillhalten. Sie mußte stillhalten, wenn er eine Pause wünschte. Sie begrüßte diesen kurzen Moment, wenn er sich ausruhte in der ungestörten Stille. Dann schrie sie.

Er spürte, wie sie unter ihm zitterte und ihre Beine ein wenig bewegte, weg von ihm. Sie hörte sich selbst schreien. Sie schrie, bis nur sie zu hören war. Joel unterbrach ihren Schrei mit seinem Atem. Sie spürte ihn atmen. Er sagte nichts, sondern zog sie näher an sich heran. Sie spürte seine Handlung überhaupt nicht, obwohl er sie wirklich sehr fest umarmte. Sie hörte nur ihren Schrei, der sich ausdehnte in die leeren Räume in ihrem Innern, in das Schweigen, das sie für sich selbst geschaffen hatte, in die Vergangenheit ihrer Erinnerung. Sie verweilte in ihren Andenken. Der Schrei war eine göttliche Heilung, in der sie allein stand und ganz war. Der Schrei war der Triumph ihres Willens, anhaltend und voll von ihrem Weinen und von ihrem Lachen. Sie verstand nicht, warum sie lachen mußte, da der Augenblick sie so schmerzte. Doch sie lachte mit atemlosen, gebrochenen Schluchzen und einer gequälten Hingabe. Das Lachen vermischte sich mit ihren Tränen. Es war Joel, über den sie lachte, dessen war sie sich sicher. Als ihr Lachen lange genug mit ihrem Weinen gekämpft hatte, streckte sie ihre Arme zu Joel aus und hielt ihn dicht an ihre Brust, bis die Tränen an ihren

Schläfen herunterliefen und das Kissen naß wurde. Der Nebel fiel ihr von den Augen, und sie sah Joels Kleidung, die an die Wand geklammert war, sah Joel, der eingeschlafen war.

Mubaira war so weit entfernt, daß es aus ihrem Gedächtnis verschwand. Mazvita erinnerte sich an den Schrei, den sie gehört hatte über Joels unruhigem Atem, gehört hatte über dem Paraffin, das sich im Zimmer verbreitete, dem Ruß, über der zunehmenden Dunkelheit im Zimmer, dem Dach, über sich selbst. Mazvita horchte über die Wirbel der Tage und Monate hinweg, die sie von Mubaira trennten. Doch Mazvita verstand nicht, daß der Schrei das Schweigen in ihrem Körper besiegt hatte, daß der Schrei eine gefährliche und bedauerliche Befreiung war. Der Schrei war nicht die tröstende Freiheit, die sie suchte. Nach ihrer Entdekkung würde Mazvita sich noch einmal wünschen, die Einsamkeit hätte sie beschützt, wünschen, die hohlen Räume in ihr wären hohl und das Schweigen überragend geblieben.

18

Die Stadtfrauen zauberten aus Chaos Freiheit. Sie hatten rote Lippen. Ihr Karneval war neu und hartnäckig, denn die Frauen waren diejenigen, die die Toten erweckten. Die Frauen schlugen unglaubliche Treffpunkte vor. Sie zeigten, daß sie Absurdes vollbringen und Altare für verwundete Träume bauen konnten. Die Vision, die sie den Eingeweihten anboten, war befreiend und verlokkend. Gebete stiegen ungesungen von ihren üppigen Lippen. Es war eigentlich nicht schwer zu verstehen. Die Neugierigen ließen die Frauen in Scharen vorbeigehen und starrten ihre drohenden Schultern und ihre überraschten Augenbrauen an. Die Mutigen folgten ihnen in ähnlich mitreißenden Verkleidungen und trugen noch ungewöhnlichere Aussagen auf ihren Gesichtern. Es war nicht klar, ob die Frauen Reden oder Schweigen suchten, Frieden oder Krieg, mit solchen Masken. Es gab ein weitreichendes Geheimnis, zweifellos, denn die Geste allein war verblüffend. Sie wählten die Farbe Rot für ihre phantastischen Verwirklichungen.

Die ungewöhnlichen Göttinnen, die durch die Frauen auferstanden! Roter Lehm wurde unter träumende Augen gestrichen. Der Karneval war unverschämt und unglaublich, voll Parodie und Tod. Der Krieg wurde ausgedrückt in Masken aus Traum und Flucht. Er fand Ausdruck in Furcht und Flirt, in einer aufregenden Sinnlichkeit und in Figuren, die sprachlos und tot waren. Gewehre trübten den Himmel mit schwarzem Rauch.

Die Frauen wählten ihre Farben von der brennenden Sonne, von den Lippen der weißen Frauen. Dann boten sie ihre Körper an als Lösegeld für ihr Land, ihre verschwundenen Männer und ihre mißbrauchten Geburtsrituale. Diese unerschrockene und verzweifelte Geste kennzeichnete die Zeremonie für Neuanfänge. In der Stille, die auf ihre Wandlung folgte, schrien die Frauen laut und klar und malten sich ihre Nägel rhythmisch rot an. Der Karneval war notwendig und vollständig. Und so lagen sie in ihren toten Körpern, die sie abgelehnt hatten in dem verstärkten Krawall, den die Stimmen ihrer Männer verursachten, und in dem Tumult von ängstlichem Geflüster.

Es war das Jahr 1977.

19

Joel. Übelkeit regte sich, kreisend und windend. Mazvita lag still auf dem Bett. Es war dunkel im Zimmer. Sie lag still und versuchte, das Kind in ihrem Körper zu begraben. Mazvita begrub das Kind. Sie würde das Kind in ihrem Körper behalten, und es nicht gebären. Joel durfte nicht entdecken, daß ihr Körper sie derart betrogen hatte.

Joel. Sie konnte nicht gleichzeitig an Joel und an die Schwangerschaft denken. Joel würde bestimmt nichts davon hören wollen. Sie hatten sich nicht auf etwas Permanentes geeinigt. Wenn sie schwanger war, war es besser, sie behielt dieses Wissen für sich. Sie hatte nicht die richtigen Gedanken gedacht, um dieses Kind wegzuhalten. Wie hatte sie das Kind empfangen können, ohne von der Angelegenheit zu wissen? Sie belastete sie, diese verschwiegene Geburt. Mazvita lehnte das Baby ab, weil es sie von ihrem Entwurf, frei zu sein, wegzog. Harare war überfüllt und gnadenlos. Sie konnte sich nicht vorstellen, wo sie in diesem Chaos von Stimmen, von tanzenden Stimmen, das Kind gebären sollte. Ihr Magen wälzte sich in ihren Mund. Sie lehnte sich über das Bett und erbrach in eine Schüssel, die neben dem Bett stand. Ihre Augen brannten von bitteren Tränen. Sie hielt die Übelkeit in ihrem Mund und tief in ihrem Körper. Das Brennen rann in ihrer Kehle herunter. Sie hoffte, daß das Brennen aufhören würde, damit sie nachdenken und klare Entscheidungen treffen konnte.

Mazvita begrub das Kind. Joel würde niemals etwas davon wissen.

Joel. Der Gedanke, Joel ein Kind zu schenken, ließ

sie lachen, obwohl sie sich elend fühlte. Er hatte ihr nichts versprochen. Joel konnte gehen, wann immer er wollte. Sie konnte gehen, wann sie wollte. Bisher wollte sie bleiben. Das Kind störte in ihrer Entscheidung, zu bleiben.

Mazvita hockte neben dem Bett und erbrach in die Schüssel. Der Schmerz legte sich fester um ihre Brust, wand sich und blieb dort. Sie war sich sicher, daß der Schmerz unerträglich werden würde, wenn sie ihren Körper nach vorn bewegte. Also legte sie ihre Hände dicht an ihre Brust und verhielt sich still. Sie behielt das Erbrechen in ihrer Brust. Der Schmerz drehte sich um ihren Bauch und blieb dort hängen. Sie wand und drehte sich und beugte sich noch einmal über die Schüssel. Ihre Nasenlöcher füllten sich mit Schleim und sie drückte ihr Gesicht auf das Bett und wischte ihre Nase an der groben, grauen Decke ab. Sie drückte ihr Gesicht fest auf das Bett und hielt ihren Körper unten. Ihr Gesicht juckte von der Decke und ihre Augen tränten. Sie nieste und krümmte sich vom Bett auf. Sie kniete, ihr Gesicht immer noch auf das Bett gedrückt. Mazvita legte ihre Stirn auf ihre Knie. Sie war steif auf dem Bett zusammengerollt. Sie wurde still. Mazvita begrub das Kind in ihrem Körper.

Sie trug die Schüssel nach draußen. Sie spülte die Schüssel unter dem Wasserhahn draußen neben der Toilette langsam und sorgfältig aus. Ihre Beine waren steif und schwach. Sie ging langsam und unter Schmerzen ins Haus zurück. Sie sank auf das Bett und hustete fürchterlich. Ihre Arme taten weh. Ihre Stirn wurde feucht. Ihre Arme lagen auf ihrer Brust und zitterten. Mazvita schauderte. Ihr war kalt, und sie hatte Angst.

Ihre Gedanken wanderten überallhin. Sie erinnerte sich an Nyenyedzi und dachte schnell an Joel. Es war besser, an Joel zu denken als an Nyenyedzi. Sie dachte wieder an Nyenyedzi. Die Erinnerung erschreckte sie. Sie zog Joels Hemd aus einem Koffer voll ungewaschener Wäsche unter dem Bett hervor und dachte an Joel. Joel. Sie erinnerte sich an Nyenyedzi.

Mazvita dachte an Joel. Das Kind gehörte Joel. Das war zumindest ein Anfang. Sie tauschte Nyenyedzi mit Joel aus. Sie tauschte Joel mit Nyenyedzi aus. Sie dachte an Joel. Ihr wurde schwindelig, und sie lag wieder still auf dem Bett. Sie war schockiert, daß ihr eine Geburt bevorstand und sie eine Mutter sein würde. Sie hatte sich um Geburt nicht gekümmert. Sie hatte einfach nicht daran gedacht. »Nyenyedzi«, rief sie.

Sie zweifelte nicht an ihrem Unglück.

Joel wieder.

20

Sie saß im Bus und hatte sich noch nicht für ein Ziel entschieden, aber sie war bereit, irgendwohin zu fahren. Der Bus stand still. Mazvita wartete nervös hinten im Bus, auf den letzten Platz im Bus gedrängt. Der Sitz war mit den Käfigen und den Kartons, den Kissen und der Pflanzensaat bedeckt. Dieser ungeordnete Stapel ragte hoch hinter ihr. Sie teilte sich den Platz mit zwei Frauen, die sich mit flachgewebten Körben Luft zufächelten. Es waren ältere Frauen. Sie schwangen ihre schweren Arme in weiten Bogen und klagten über die Hitze. Mazvita hielt das Baby auf ihren Rücken gebunden. Die Frauen sahen Mazvita neugierig an. Sie sahen das Baby an, über dessen Kopf eine weiße Windel lag. Die Windel löste sich vom Hals der Mutter, wo sie fest verknotet war.

Mazvitas unbeteiligte Haltung blieb unverändert. Sie begrüßte die Frauen nicht. Auf ihrem Gesicht lag ein abweisendes Starren. Sie reckte ihren Hals und hielt ihn steif und unnahbar. Die Haltung war anstrengend und unerwartet. Sie brauchte irgendeine Haltung, davon war sie überzeugt. Sie brauchte neue und nicht erprobte Gesten. Also fing sie mit ihrem Hals an, denn dort spürte sie den größten Schmerz, dort spürte sie, daß sie lebte. Das Baby lag an ihrem Hals. Sie löste die Windel und verknotete sie wieder, noch viel fester. Sie konnte kaum atmen. Es war nicht genug. Sie machte noch einen Knoten.

Sie konnte es sich nicht leisten, entdeckt zu werden.

Sie reckte ihren Hals, über die Köpfe der beiden Frauen hinaus. Sie öffnete ihre Augen weit und versuchte, sie offen zu halten. Sie mußte ihre Welt im Blick behalten, sonst würde sich deren Form verändern. Sie trauerte in endlosen Echos von Bestürzung und Einsamkeit. So war es für sie. Am meisten fürchtete sie, ihre Welt könnte sich in einen anderen Raum bewegen, in dem die Tür fest gegen ihren Eintritt verschlossen war. Sie hatte eine Vorahnung von diesem trügerischen Manöver, während sie vor dem Bus wartete. In dem Moment fürchtete sie, ihre Welt würde in den Bus einsteigen und sie draußen stehen lassen. Sie hatte das elende Gefühl, ihrer Welt mit ihren Augen nachzulaufen. Es war schwer für sie, Maskierungen zu finden, mit denen ihre Welt sie nicht erkannte. Doch nur so konnte sie ihr mit Erfolg nachlaufen. Das hieß vor allem, sich selbst fremd zu werden. Sie brauchte daher unbedingt ihre Augen, um überleben zu können.

Sie konnte es sich nicht leisten, unaufmerksam zu sein oder zu zögern. Unter ihren Schläfen lag eine solche Anspannung, ein solches Gewirr von hastenden

Schritten. Sie hatte rennen müssen, als sie glaubte, jede Spur ihrer Welt verschwinden zu sehen. Sie haßte das Geräusch ihrer eigenen Schritte, weil sie sich gegenseitig anfüllten. Und sie hörte die Schritte, als sie heute morgen gerannt war, und dann wieder vor ihnen weggerannt war in ein anderes chaotisches Trappeln. Es gab so wenig Raum in ihr. Keinen Raum, in dem das Geräusch ihrer Füße verschwinden konnte. Sie stand still so oft sie konnte. Sie wurde steif.

Also reckte sie ihren Hals, oder zumindest glaubte sie, daß sie das tat. In Wahrheit aber hockte sie da wie ein elendes Bündel Angst mit zerschlagenen Schultern. Ihr Kopf beugte sich zum Fenster und schlug mehrmals dagegen. Ihr Kopf fiel nach unten. Ihr Kopf schwang zur Seite. Ihr Kopf hing an ihrem Rücken, an ihrem Kind. Ihre rechte Hand hielt sie steif vor sich, die Finger zur Seite gekrümmt, als hatte sie etwas aus dem Fenster werfen wollen, aber die Geste dann zu schwer für sie geworden war. Sie schien auf Beistand zu warten, aber ihre Finger waren leer, und so bot niemand ihr Hilfe an. Ihre Finger verharrten in dieser unbeholfenen, eingefrorenen Bewegung. Ihre Augen schlossen sich bis auf einen Spalt, durch den die Welt sich hineinzwängen durfte. Sie sah alles verschwommen. Ihre Benommenheit nahm zu, als sich die Hitze im Bus ausbreitete und ihr Blick sich auflöste. Sie hätte diesen Augenblick zum Sterben auswählen können.

Dann hörte sie einen alten Mann *mbira* spielen.

Der alte Mann hockte mitten in dem überfüllten Bus am Gang. Er saß eng zusammengezwängt auf der Kante des Sitzes. Er hielt die *mbira* stolz auf seinem Schoß und spielte. Die *mbira* war an einer Hälfte einer getrockneten Schale befestigt – einer Kalebasse. Diese Hülle ließ den Klang nach hinten fallen, nach hinten in den Bus, wo

Mazvita wartete. Die Geste war unerwartet und warm. Der Klang drang zu ihr wie großzügige Wellen des Überlebens. Mazvita wartete mit einem weichen und schweigenden Blick. Sie wandte ihre Augen vom Fenster zu der *mbira*, öffnete ihre Hände und hielt sie rund vor sich. Ihre Hände waren still und suchend. Die beiden Frauen starrten sie verwundert an. Ihre Augenbrauen wurden weiche Wunderbogen. Ihre Lippen wurden weich. Die Anspannung in ihrem Hals verschwand. Die Haut an ihrem Hals wurde glatt. Die *mbira* war eine Offenbarung, eine wichtige Atempause. Mazvita wartete mit offenen Händen.

Die Leute im Bus redeten weiter, sie lachten laut, sagten den Kindern, sie sollten still sitzen, und husteten von dem Staub, der durch die offenen Fenster hereinfiel … Mazvita suchte durch den Lärm der Stimmen, fand den Klang der *mbira* und führte ihn zu sich. Sie hatte ihre Finger dicht aneinander gelegt. Er fiel wie Tropfen, der Klang, in ihre offenen Hände. Sie fand die *mbira*. Sie war ein Geschenk. Der Klang drang zu ihr in beruhigenden Wellen, in zunehmender Stärke, wie rieselndes, klares Wasser. Wasser. Sie spürte das Wasser langsam und mühelos und elegant. Sie atmete ruhig, im Wasser. Die *mbira* klang durch die Menge und drang zu ihr mit einem heilen Rhythmus, mit tiefer Harmonie, mit einem anmutigen und einfachen Versprechen. Sie war erwacht.

Der Augenblick war so außergewöhnlich, daß sie ihn nicht ertragen konnte. Sie faltete ihre Arme über ihre Brust und schloß ihre Augen fest, denn die Freude war kühn und frei, treffend und zeitlos. Eine Unterbrechung, und die *mbira* versteckte sich vor ihr. Sie suchte panisch und verzweifelt zwischen den lauter werdenden Stimmen, suchte und horchte. Sie erinnerte sich an die ersten Töne, die sie gehört hatte. Sie fand die *mbira* in ihren Händen. Sie fing die *mbira* ein, doch manchmal wich sie ihr aus und wurde zu dünnen, unerwarteten Tropfen wie schmelzender, schwerer Lehm. Und sie wartete mit angehaltenem Atem, so sorgfältig beschützt, wartete in einer ruhigen und sicheren Umarmung von Schatten und Klang. Der Augenblick war kostbar. Er hing an einer empfindlichen Stelle unter ihrem Hals, hinten an ihrem Hals. Der Klang rollte in Wellen über ihren Kopf, beugte sich nach unten und sank tief in ihre Brust, wo sie unwiderruflich verletzt worden war. Er berührte sie sanft und zuverlässig, zärtlich und mit Erbarmen. Vergebung, weil sie sich danach sehnte. Vergebung, wie sie sie sich wünschte, Versöhnung und Traum. Sie hörte die *mbira* lauter werden und sich nähern, sich ihrem Traum nähern. Sie wartete in Wellen erwartungsvoller Wünsche und Sehnsucht, in Strahlen zarter Freude. Sie saß still und wartete, obwohl sie tief innerlich wußte, daß ihr Warten vergeblich und unangebracht war. Der Augenblick war innig, unwiderstehlich und vielversprechend. Sie hatte sich so sehr gesehnt, daß sie vergessen hatte, was Sehnsucht und Verlangen und Begehren war. Sie erinnerte sich. Die *mbira* war ein wunderbares Andenken. Sie kämpfte um eine Erinnerung, die so strahlend wie ein Stern war, doch die Dunkelheit war tief und schweigend. Und nun besuchte sie dieser strahlende, fragende Klang, suchte sie aus, fand Teile in ihr, die noch heil waren und Unschuld und Sehnsucht behalten hatten. Die *mbira* wurde laut und schwer wie ein dichter Schatten. Sie wurde zum Bersten laut und Mazvita trat zurück. Sie konnte diese erhebenden, doch hoffnungslosen Würdigungen nicht riskieren. Sie hörte den Klang näher dringen, selbstsicher und einladend. Die *mbira* legte sich über ihre Schultern und kroch in die versteckten Räume zwischen ihren Fingern.

Sie spürte eine Bewegung. Sie erlaubte sich Hoffnung. Erbarmen. Erbarmen. Sie wartete auf einen vergebenden Augenblick voll Erlösung, denn die *mbira* lockte mit einem Versprechen. Sie begrüßte die *mbira,* die ihr einen leuchtenden Himmel mit Wellen weißer Wolken brachte. Die *mbira* führte sie über eine weiße Sonne. Sie wartete darauf, daß der Klang sie mit einem neuen Versprechen von Freiheit umgab. Ihre Arme zitterten, weil sie das Warten fürchtete. Ihre Augen öffneten sich klar und voller Hoffnung. Sie wartete erregt und zitternd. Dann starb der Klang. Er starb mit einem langsamen, unentschiedenem Rhythmus, als hätte jemand fest mit der Faust auf das Instrument geschlagen. Die Töne fielen zusammen.

Sie sah auf.

21

Als die Sonne anfing, Mazvitas Gesicht zu lecken, konnte sie das Paraffin im Zimmer riechen. Sie hatte nicht geschlafen. Sie bemerkte den Paraffinofen, sobald genug Licht im Zimmer war. Sie erwachte in dem stinkenden Geruch. Der Ofen stand auf einem erhöhten Podest in einer Ecke des Zimmers, wo er auf einer kleinen Holzkiste befestigt war.

Gestern hatte sie ihn geöffnet und neue Dochte in den Ofen geschoben, vorgeschoben. Ihre Finger rochen nach Paraffin. Sie haßte den anhaltenden Geruch, den verbrannten Geruch von Rauch, der das Zimmer füllte, sich im Essen verteilte, alles verunreinigte. Kleidung hing in einer anderen Ecke des Zimmers, an einer

Reihe Klammern an der Wand. Die Kleidung trug wie die Wände den Paraffingeruch. Sie war vom Paraffin schlaff und dunkel. Das Haus war klein und konnte jeden Augenblick in Flammen aufgehen. Der Brand würde an ihren Fingern anfangen. Sie trugen einen so andauernden Gestank. Sie stellte sich vor, wie die Flammen den begrenzten Raum anzündeten. Der Geruch drang überall ein. Paraffin, in Harare leben, mit Joel leben. Dachte sie, atmete sie, schlief sie. Das Paraffin war unvermeidlich.

Rennende Schritte auf der Teerstraße, und Joel wachte auf. Die Menschen rannten, um den Bus zu erwischen und die Entfernung in die Stadt zurückzulegen. Sie konnte sie sich vorstellen. Schatten, die im Halblicht ihre Blechbüchsen trugen, mit den Resten des vorigen Abendessens gefüllt; ein bißchen Fleisch, *sadza* und vielleicht ein Stück Brot, das eine besorgte Ehefrau hastig dazu gelegt hatte. Sie war keine Ehefrau, nicht auf diese Art und Weise. Es gab nicht viele dieser Ehefrauen in Harare. Leichtere Schritte und das leise Reden von Frauen, die zu ihren Arbeitsstellen in die Stadt gingen.

Sie würde es Joel nie erzählen können. Sie begrub das Kind. Sie wurde von ihren Geheimnissen überschwemmt, und sie atmete schwer, wie eine Ertrinkende. Sie war schweigend gestorben mit den Gedanken, die sie für sich behielt. Sie konnte ihren Atem nicht mehr lange so anhalten. Joel.

Joel schnarchte bedrückend neben ihr. Sie dachte, er wäre aufgewacht. Hatte sie nicht gehört, wie er sich bewegt hatte? Sie konnte es nicht ertragen, ihn zu wekken, damit er zur Arbeit gehen konnte. Sie konnte seine Geräusche und seinen Geruch nicht aushalten. Es überraschte sie, daß sie so nahe neben den Träumen des anderen lagen und die Geheimnisse des anderen nicht kannten. Konnte Joel nicht sehen, daß ihr Bauch gewachsen war, daß sie weniger aß, daß ihr Gesicht schmal geworden war? Wußte er nichts von dem, was sie erlitt? Er stöhnte, und sie wandte sich von ihm ab. Er stöhnte und drehte sich um, rollte auf ihre Seite des Bettes, als wolle er sie runterstoßen.

Mazvita legte ihre Hände gegen seinen verschwitzten Rücken und schuf ein Hindernis, das er nicht wegbewegen konnte. Sogar diese Handlung, die sie davon abhielt, aus dem Bett zu fallen, schmerzte sie. Als er wieder ruhig schlief, ließ sie ihn los. Sie haßte es, an das Baby zu denken. Sie dachte an das Baby. Sie strich mit ihrer suchenden Hand über ihren Bauch. Ihr Bauch zog sich zusammen. Sie schluckte den scharfen Paraffingeruch.

Sie lag vorsichtig balancierend auf der Bettkante und hing der Erinnerung an ihre erste Begegnung nach.

22

Joel ignorierte das Baby. Es war nicht seins. Er wollte, daß es verschwand.

Mazvita hatte ihn betrogen. Ihr Betrug war endgültig und unverzeihlich. Er zweifelte nicht daran, daß sie von dem Baby gewußt und diese Tatsache vor ihm versteckt hatte, weil sie in Not war. Er vergaß dabei die Unschuld, die er in ihr gefeiert hatte. Sie war genau wie jede andere Frau. Er sah, wie sie vortäuschte, vom Fahrrad zu fallen, als sie sich zum erstenmal begegneten. Sie war so schlau gewesen. Das Baby kam sieben Monate, nachdem sie sich kennengelernt hatten. Joel glaubte nicht, daß Mazvita nichts von dem Baby gewußt hatte.

Mazvita war genauso überrascht wie er und fühlte sich entehrt von ihrem Körper, der sie so betrogen hatte. Sie wünschte, das Baby gehörte Joel. Das Baby gehörte ihr allein. Sie wußte nicht, warum das Baby sie ausgesucht hatte, in ihr Leben geschlichen war und sie überrascht hatte. Sie war eines morgens aufgewacht mit dem tiefen Empfinden, daß etwas nicht stimmte und nicht ungeschehen gemacht werden konnte. Sie hatte Bitterkeit auf ihrer Zunge gespürt, in ihrer Kehle. Sie hatte das Gefühl tagelang ignoriert, obwohl ihr schwindelig und schwach war und sie kein Essen mehr schlukken konnte. Jedesmal, wenn sie aus dem Bett aufstand, zitterten ihre Knie, und sie konnte sich nicht aufrecht halten.

Sie erzählte Joel von dem Baby und ihrem Elend.

Während der vielen Monate, die sie gewartet hatte, hatte sie den Gedanken an das Baby ausgeschlossen. Sie wartete einfach. Das Warten hatte mit dem Baby nichts zu tun. Sie wartete nur darauf, daß die Bitterkeit von ihrer Zunge verschwand. Sie haßte diese Bitterkeit, die ihre Zunge schwer machte und sie nicht schlafen ließ. Wenn Joel das Baby nicht wollte, würde sie auch nicht daran denken.

Sie wollte bei Joel bleiben. Sie hatte sich an die leichte, anspruchslose Routine ihres gemeinsamen Lebens gewöhnt. Sie hatte Arbeit gesucht und war gespannt auf das, was in der Zukunft auf sie wartete. Sie war überzeugt, daß sie eine Arbeitsstelle finden würde. Sie hatte Joel überraschen wollen, sich selbst mit ihrem Erfolg überraschen wollen.

Ihre Freiheit kam in beruhigenden Wellen des Vergessens, mit der zunehmenden Distanz zu Mubaira. Sie betrat ihr Leben in der Stadt langsam, aber mit unbeirrbaren Vorsätzen.

Dann war das Baby da, einfach so. Sie hatte keinen Namen für das Baby. Ein Name konnte einem Kind nicht einfach so gegeben werden. Ein Name ist dazu da, das Kind in die Welt zu rufen, es anzunehmen, sich darüber zu freuen. Ein Name verbindet die Mutter mit ihrem Kind. Ein Name bedeutet Warten und Loslösung, ist eine Umarmung, wertvoll und dauernd, ein Versprechen an wachsendes Leben. Sie konnte diesem Kind keine Versprechen anbieten. Mazvita konnte dem Kind aus der Leere, die sie umgab, keinen Namen geben. Sie hielt das Kind nur und nährte es an ihrer Brust. Das Kind wuchs in einem Schweigen ohne Namen. Mazvita konnte dem Schweigen keinen Namen geben. Es konnte ihr so nicht gelingen, bei Joel zu bleiben. Mazvita sah ein, daß sie gehen mußte. Sie blieb noch. Seine Worte wurden grausam. Er wählte seine Worte gut, weil er wollte, daß sie ging. Sie blieb. Sie brauchte mehr als Worte, um weggehen zu können. Sie wußte, daß sie gehen mußte, gehen würde.

Dann erwachte sie eines Morgens, in Schweiß gebadet.

23

1977. Nicht selten starben Menschen außergewöhnliche Tode. Natürliche Tode waren rar, außer man starb einfach im Schlaf.

Die Menschen im Bus wußten von ihrem eigenen Sterben, aber sie hatten die Fähigkeit, unbehaglichen Wahrheiten auszuweichen. Es war ein Risiko, unterwegs zu sein, zu verreisen. Während einer Reise wurde jede vorgetäuschte Freiheit aufgehoben. Während einer Reise wurde das Leben echt. Die Straße war mit Leichen übersät und versprach kein Wachsen. Eine Straße war nicht dazu da, Ziele zu erreichen: Eine Straße war nur eine weitere Verwirklichung des Todes.

1977. Es war die Zeit, in der Wunder geschahen. Wenn du dein Ziel lebend erreicht hattest, dann betetest du verzweifelt darum weiterzuleben. Es war schwierig in diesen ländlichen Gebieten. Es gab jede Menge Horizonte zu sehen, jede Menge Sonnenuntergänge. Der Himmel war mit neuen Sonnen bestickt, denn er brannte sogar mitten in der Nacht. Die Sonnenuntergänge waren strahlend und unvorstellbar. Im Krieg gibt es unglaubliche Sonnenuntergänge.

1977. Alle waren Komplizen des Kriegs.

Im Krieg wurden ihnen die Worte fremd. Sie schufen beliebige Wahrheiten, die sie trösteten. Der Krieg veränderte alles, sogar die Vorstellung ihrer eigenen Menschlichkeit. Sie waren schockiert von dem, was sie gesehen und erlebt hatten, was sie hatten ertragen können, von den Anblicken, die sich ihnen geboten hatten. Sie begrüßten das Schweigen. Sie redeten nur dann energisch und mit Hingabe, wenn sie die leeren Räume füllen wollten, die zurückgelassen wurden von denen, die außergewöhnliche Tode gestorben, die mitten auf ihrer Reise verschwunden waren. Im Krieg wurden die Menschen zu willigen Komplizen von Verfälschungen – einsame und tröstende Verfälschungen.

Die Menschen hatten ihre Füße nicht auf dem Boden, auch wenn sie tatsächlich verreisten. Es gibt ungewöhnlichere Wahrheiten auf der Welt. Der Krieg ließ die Menschen freizügig sein mit ihren Körpern. Sie boten ihre Körper an für ihre unwahrscheinlichen Reisen. Sie wurden begrüßt, und Feste wurden schon für sie vorbereitet, bevor sie die Straße betreten hatten. Es war bekannt, daß sie kommen würden, und die, die davon wußten, begrüßten sie, schon lange bevor sie ankamen. Es war nicht bekannt, was dem reisenden Körper geschehen würde. Eine Reise war nicht vertrauenswürdig. Nur das Versprechen anzukommen konnte wiederbelebt und beschützt werden.

Die Reisenden waren nicht überrascht, als der Bus nach unten sackte, als wäre ein neues Gewicht auf das Dach gepackt worden. Der Bus hielt mitten auf der Straße an. Das Anhalten war abrupt, warf sie nach vorn, und sie fielen auf ihre Bänke zurück.

Sie schauten durch die dunklen Fenster und sahen durch den Staub die Umrisse von Polizeifahrzeugen. Die Gesichter waren braun und begraben, verschwommen, winzig. Die Köpfe auf den Schultern fehlten, die Arme waren abgehackt. Die Fenster waren dicht mit Staub bedeckt. Die Menschen suchten ängstlich hinter dem schützenden Glas ein vorübergehendes Versteck für ihre Angst.

Der Polizist ging zum Fahrer hin und redete mit ihm. Der Fahrer stand von seinem Sitz auf und kletterte die Stufen zur Tür herunter. Er drückte kräftig mit seiner Schulter gegen die Tür. Die Tür flog auf. Metall schlug gegen Metall. Der Fahrer sprang aus dem Bus, der Schaffner folgte ihm. Die Menschen sanken tiefer in ihre Sitze.

Mazvita. Sie beobachtete einen Soldaten, der unter dem staubigen Fenster stand. Er hielt ein Gewehr dicht an seinen Körper, dicht an sein Gesicht. Sein Gesicht war vernarbt. Sie starrte die Narben im Gesicht des Soldaten an. Sie wollte im Bus bleiben, als sie sah, daß alle den Gang entlanggingen und ihre schweren Kartons und ihre Sachen trugen. Das Gesicht, das sie erkannt zu haben glaubte, kam auf sie zu und klopfte laut mit dem Gewehr an das Fenster. Sie ging also nach vorn, wie alle anderen. Sie hatte gehofft, der Soldat würde sie kennen.

»Bringt alle Sachen mit«, blaffte eine Stimme in den Bus.

Der Schaffner sprang auf das Dach des Busses und fing an, das Gepäck loszuknoten. Das Aufknoten war mühsam, denn das Gepäck war für die lange Reise mit vielen Knoten befestigt worden, damit es der unebenen Straße standhalten konnte. Ein Soldat blaffte den Schaffner an. Er arbeitete an den Knoten, in dieser Hitze, in dieser Angst, in diesem Himmel ohne Versprechen. Er suchte hastig in seiner Tasche, fand ein Messer und zerschnitt die Knoten. Durch die plötzliche Befreiung fielen ein paar Dinge an der anderen Seite des Busses herunter, und der Fahrer rannte nach vorn. Ein Tisch stürzte und knallte an den Straßenrand, auf die Seite. Die Beine waren nach innen geknickt.

Die Soldaten stöberten wütend durch die Sachen, warfen Kleidungsstücke in alle Richtungen, flüsterten endlose Prophezeiungen und befahlen den Frauen, sich an einer Straßenseite aufzustellen, mit den Kindern. Mazvita. Ihre Augen waren von Tränen klar.

24

Mazvita träumte, das Kind wäre verschwunden. Sie schrie, bis Joel sie weckte. Er bestand darauf, obwohl es mitten in der Nacht war, mitten in ihrem grausamen Traum, daß sie am nächsten Morgen gehen sollte.

»Geh weg«, sagte er. Er schwang seinen Körper von ihr weg. Sie hörte seine Knie gegen die Wand schlagen. Er zog seine Beine zurück und schlief. Er schlief, während sie sich im Bett hin und her wälzte.

Sie bot an, das Kind in ihr Dorf zu bringen und dann zu ihm zurückzukommen. »Das ist gut«, sagte er. Seine Antwort kam so schnell, daß sie wußte, er würde nicht auf sie warten. Statt dessen empfand sie einen tiefen Haß für diesen Mann, dem es unmöglich war, sie und das Kind zu akzeptieren. Er verweigerte ihr eine Gelegenheit, die sie gesucht hatte. Zu wachsen. Sie wollte keine Liebe von ihm, nur akzeptiert werden. Doch Joel unterbrach jeden ihrer Gedanken. Er war ihre Anwesenheit leid.

Es war, als lebte sie mit zwei Männern. Wenn sie an Nyenyedzi dachte, liebte sie das Kind innig. Sie nannte das Kind Nyenyedzi, im Traum, denn das Kind war ein Junge. Wenn sie an Joel dachte, wünschte sie das Kind weg. Sie konnte sich nicht erinnern, dem Kind jemals nahe gewesen zu sein, nicht einmal, als es in ihr gewachsen war. Sie konnte sich nicht erinnern, daß das Kind in ihr gewachsen war. Sie nährte das Kind an ihrer Brust und wandte ihre Augen ab. Ihre Brüste waren schwer von der Milch für dieses Kind. Das Kind hatte seine eigene Milch mitgebracht. Es beabsichtigte zu überleben. Joel hielt sich von ihrer Milch und ihrem Kind fern. Mazvita wurde dünn von ihrem Denken. Sie hatte solche Träume.

Sie träumte von Nyenyedzi. Sie träumte von seiner Zärtlichkeit und seinen Versprechen. Sie wünschte, sie wäre bei ihm geblieben, wie er es wollte. Sie wünschte, sie hätte von dem Kind gewußt, bevor sie weggegangen war. Sie wäre nicht weggegangen. Sie sehnte sich nach Nyenyedzi. Sie träumte, daß sie ihm begegnete und ihm das Kind zeigte. Er lehnte das Kind ab und sagte, es wäre nicht seins. Er würde sie nicht akzeptieren. Es war ihm egal, wie sehr sie gelitten hatte, um sein Kind auf die Welt zu bringen. Nyenyedzi hielt sich von ihrer

Milch fern. Mazvita konnte sich nicht erinnern, das Kind geboren zu haben. Joel sagte ihr, es wäre ihr Kind. Mazvita hielt das Baby dicht an ihre Brust.

Eines Morgens, als sie wieder einmal schweißnaß aufgewacht war, saß Mazvita am Fenster und beobachtete das Baby, das auf dem Bett lag in diesem kleinen und dunklen Zimmer. Die Wände waren dunkel. Die Vorhänge hingen in Fetzen von trübem Licht. Sie hörte das leise Surren des Paraffinofens, den sie angezündet hatte, um Wasser zu kochen. Sie hörte das Flackern der Flamme an der Oberfläche des Kessels. Das Zimmer, die Vorhänge, das Bett. Sie verzog angewidert ihre Nase. Mazvita mochte den Paraffinrauch nicht, den sie von den Töpfen putzen mußte.

Die untere Hälfte ihrer rechten Handfläche war schwarz von dem öligen Rauch.

25

Die Stadt.

Kleidung hing an hölzernen Figuren, an Frauen, still, dünn und reglos. Die Figuren konnten keine Namen und keine Erinnerungen anbieten. Die Vergangenheit war verschwunden. Vielleicht konnten sie einen Anfang anbieten, von außen nach innen. Man konnte mit einem schmeichelnden Kleidungsstück beginnen, sich nach innen zur Seele durcharbeiten. Es war besser, mit einem Teil anzufangen, als mit etwas, das vollständig und ganz war. Sie führte zu derartigen Katastrophen, eine so undurchdachte Absicht. Also hingen die Kleider schlaff an den Frauen und boten greifbare Illusionen, gekleidete Wirklichkeiten an.

Diese verglasten und beschützten Frauen hatten langes, braunes Haar und rote Lippen und ausgestreckte Arme, mit denen sie eine Art käuflicher Rettung darboten. Die Figuren hatten einen seltenen Einblick in Körper, ohne Brüste, und dennoch standen ihre Kinder neben ihnen in ähnlich göttlicher Haltung.

Die Kinder streckten ihren Müttern ihre Plastikarme entgegen. Die Kinder trugen Spitze. Sie trugen leuchtend rote Schleifen. Es war schwer zu verstehen, was die Kinder im Tausch anboten; es war so offensichtlich, daß sie noch nicht zu leben angefangen hatten; daß ihre Eltern, die frommer über ihnen standen, zumindest eine Form der Scheinheiligkeit gefunden hatten – lange, glatte Hälse in den Tag gehalten, Köpfe leicht nach innen gebeugt, als schenkten sie Tee ein.

So war es mit diesen Figuren, eine strenge Wirklichkeit, unveränderlich, mit Handtaschen an steifen, langen Armen. Schweigende Augen auf Passanten gerichtet. Die Augen sahen und sagten nichts. Die Augen waren stimmenlos. Sie höhlten ihre eigenen Körper aus und verzehrten sie.

Das Ritual war eine grausame Nachahmung.

26

»Wann gehst du?« Sein Ton war schroff. Sie wagte nicht, ihm zu antworten. Statt dessen nährte sie das Baby. Er schaute sich schnell im Zimmer um. Seine Augen flogen über den Kopf des Babys, flogen über ihre Brüste, über das Fenster in der Dunkelheit. Er wich aus, schwang sich auf das Bett und zog eine Zeitschrift heran. Er blätterte darin.

Mazvita nährte das Baby langsam und geduldig. Sie nahm jede seiner hastigen Bewegungen wahr. Sie sah, wie er sich mit dem Finger über die Zunge fuhr, dann Seiten umblätterte, rückwärts las. Er schnippte mit den Fingern und begleitete irgendeine Melodie in seinem Kopf, legte das Buch unter seine Schulter, lag auf dem Bett, schloß die Augen, schnippte seine Finger in einem schnellen Rhythmus, dem sie nicht folgen konnte. Er schloß sie aus. Pfiff. Er schnippte und pfiff.

Joel sprang vom Bett auf und öffnete das Fenster. Das Fenster knarrte. Das Fenster knarrte und wurde geschlossen. Die Seiten raschelten.

Mazvita nährte das Baby langsam und geduldig.

Das Bett knarrte. Die Frage sprang sie an. Mazvita drehte ihr Gesicht langsam zu ihm hin. Sie saß auf einer Matte auf dem Boden. Er sah sie an, sah weg, sah sie wieder an. Füße schwangen vom Bett auf den Boden. Ihr Herz klopfte schnell, denn sie dachte, er hatte eine unwiderrufliche Entscheidung getroffen, von der sie ab sofort ausgeschlossen war. Sie nahm das Baby von ihrer Brust.

»Wann gehst du?«

Joel ging zurück zum kleinen Fenster und hob den Vorhang hoch. Ein Hund heulte in der Ferne. Joel ließ den Vorhang fallen. Er stand mit dem Rücken an die Wand gelehnt. Er machte ein paar hastige Schritte um sie herum, warf einen kurzen, aber durchdringenden Blick auf das Baby. Er verschwand hinter ihr.

Es verschlug ihr den Atem. Seine Stimme kam rasch.

»Geh. Morgen«, sagte er mit knapper Betonung.

Ihre Entscheidung drang langsam zu ihr. Als sie sich entschieden hatte, war sie nicht sicher, daß sie allein dafür verantwortlich war.

27

Sie hatte aufgehört, an Nyenyedzi und Joel zu denken. Sie dachte an Joel. Sie erinnerte sich an den Morgen, an dem sie gerannt war. Sie dachte nicht mehr an diesen Mann, wenn sie wach war. Sie versuchte immer noch, sein Gesicht zu finden, doch sie spürte nur seine Arme an ihren Beinen, die sie herunterzogen. Sie war überzeugt, daß sie sich von ihrer Erinnerung an ihn befreien könnte, wenn sie sich an sein Gesicht erinnern würde. Sie könnte sein Gesicht ersetzen mit einem anderen, mit einem neuen Anfang. Sie suchte sein Gesicht. Sie spürte, wie Arme sich um ihre Beine legten, sich um sie schlangen und sie auf den Fremden fiel. Sie fiel auf seine lang ausgestreckten Beine. Als wäre sie gestolpert und hingefallen, wenn sie nicht das Zerren an ihren Beinen gespürt hätte. Er zerrte an ihr. Sie schrie nicht, sondern setzte sich ihm langsam zur Wehr. Er flüsterte in brüsken, beruhigenden Tönen, flüsterte überredend, fordernd, und zog sie grob näher. Er flüsterte, daß er keine Zeit hätte, mit ihr zu reden. Er flüsterte von den Dingen, für die er keine Zeit hatte. »Vielleicht hast du für all diese Dinge Zeit«, bestimmte er. Er redete mit abgewandtem Gesicht.

Sie dachte nur daran, begraben zu werden, langsam zu sterben nachdem er sie getötet hatte. Sie glaubte, gestorben zu sein, doch sie spürte seine Hände an ihren Schultern. Er war entschlossen, Teile von ihr zu entdecken, zu denen sie selbst keinen Zugang hatte.

Der Morgen bedeckte ihre Augen, ihre Füße. Er trennte ihre Füße voneinander und lag über ihr. Sein

Gesicht war abgewandt. Er hielt sein Gesicht versteckt und flüsterte ununterbrochen. Er riß an ihrem Kleid, zog ihre Beine von ihr weg. Er löste ihre Beine von ihrem Körper, und sie lag still und erkannte ihre Beine nicht als ihre eigenen. Der Nebel hing auf ihrer Stirn, hinter dem bewaffneten Mann, nur seine Hände lagen auf ihren Schultern und hielten sie an den Boden gepreßt. Er glitt über sie, unter den schützenden Nebel.

Dann rannte sie. Sie hörte ihn hinter sich, als sie anfing, in den Morgen hineinzurennen. Sie rannte, doch der Morgen war voll von seinem Flüstern, von seinen Armen, die sich unter ihrem Körper bewegten, von seinem versteckten Gesicht, von seinen Fingern, die an ihren Füßen zerrten, von seiner muffigen und feuchten Kleidung. Sie rannte weg von ihm, rannte weg von den Dingen, die er zwischen ihren Beinen geflüstert hatte.

Sie rannte weg von dem aufsteigenden Nebel, von dem Morgen.

Sie vergaß Nyenyedzi und Joel. Sie erinnerte sich an den Nebel und an das Flüstern.

28

Dieses Loch ist so tief und so alt und schwer auf meinem Rücken. Joel, dieser Körper, das bin nicht ich, die in dieses Loch sinkt, so tief und dunkel. Wo kann ich hingehen und ganz bleiben? Wer hilft mir, diesen Schmerz zu tragen? Wo werde ich diese Geschichte erzählen, mit welchem Mund, denn ich habe keinen Mund mehr, keine Finger mehr, keine Tränen zu trinken. Laß mich dursten und sterben. Ich möchte mich hinlegen und sterben, denn ich bin in diesem Schlaf gestorben. Was ist das, was mich besucht und seine Spuren hier und dort und überall zurückgelassen hat? Es ließ seine Haut mitten auf meinem Weg zurück, damit ich mich darunter schmiegen kann. Ich werde in einer unbekannten und fremden Haut begraben. Joel, ich höre eine Fliege umhersummen. Sie summt um den Kopf meines Kindes. Ist dieses Loch für mich gegraben worden, so tief, und diese Fliege, die über meinem Kopf summt, kommt sie aus dem Loch? Wer wird mein Lied hören können? Wer wird sie für mich tragen, diesen Schmerz und dieses Leid schwer auf meinem Rücken? Ich habe mich im Schlaf immer wieder umgedreht, geträumt von Bergen diesen Bergen, die auf meinem Rücken wachsen? Laß mich auf diesen Berg gehen, der auf meinem Rücken wächst ...

Sie war auf dieses hohle Gefühl, diese Leere nicht vorbereitet. Das Kind hatte ihr so viel Machtlosigkeit mitgebracht, daß sie sich kaum vorwärts bewegen konnte. Mazvita konnte nicht dort bleiben, wo sie war, weil Joel es verbot. Er schlug ihr vor, rückwärts zu gehen, in die Vergangenheit. Instinktiv wollte sie neue Träume träumen. Es lag eine solche Schwere in ihren Armen. Mazvita sehnte sich danach, die Schwere loszulassen, die es ihr unmöglich machte, die Arme auszustrecken und die Zukunft zu umarmen. Sie brauchte ihre Arme, doch sie waren schwer von dem Kind. Mazvita suchte den Weg, der sie hierher geführt hatte. Sie sammelte ihre Spuren, bis sie sie aus dem Blick verlor. Das Vergangene war einfallsreicher als sie und erhob einen größeren Anspruch auf das, was ihm gehörte. Das Baby hatte sie gewählt, war über seine eigene Schwäche hinausgewachsen, um ihr im Weg zu stehen.

Mazvita fühlte sich betrogen.

29

Der Bus tauchte in Wolken aus dichtem, rotem Staub. Mazvita war überrascht, ein Lachen im Bus zu hören. Es war, als hätte sich das Lachen aus ihrem Innern in den Bus, in einen fremden Mund bewegt. Sie hatte das Lachen lieber gemocht, als es still war und ihr allein gehörte. Jetzt sollte sie mit Fremden lachen. Sie hörte die zwei Frauen auf dem Sitz vor sich.

Mazvita sollte auch mit den Frauen lachen. Es war nicht klar, warum sie lachten, doch die eine Frau zeigte auf eine Wolke aus dichtem Staub, die durch das Fenster hereindrang, und beugte sich vor, um etwas dagegen zu unternehmen. Aber das Fenster ließ sich kaum bewegen, und die Frau mußte sich sehr anstrengen, es zu schließen. Als sie sich endlich zurücklehnte, war ihr Gesicht mit Staub bedeckt. Ihr Gesicht war rot. Die Leute lachten. Die Leute im Bus lachten über den Staub, der die Frau bedeckte. Deren Lachen mußte also ein anderes sein als ihr eigenes. Mazvita teilte die Sicherheit und Gewißheit nicht, die in dem Lachen lag, und das überzeugte sie, daß die Leute ihr Geheimnis nicht gestohlen hatten. Mazvita fühlte sich gerettet. Sie schaute durch den Staub, der die Fenster bedeckte und durch die Wolken draußen, die immer größer wurden, je weiter der Bus fuhr. Sie würde bald ankommen.

Sie wandte ihre Augen zurück in den Bus, wo die Frauen immer noch lachten. Mazvita hatte genug aus ihrem Überleben gelernt, um zu wissen, daß sie mit den anderen lachen sollte. Daß sie ihre Arme hochwerfen und den Armen der anderen Frauen auf halbem Wege begegnen sollte. Daß sie zu den Männern hinschauen und sehen sollte, wie sie über die Frau lachten. Mit den Männern lachen. Es war eine Gelegenheit, das Mißtrauen gegen ihr offensichtliches Schweigen wegzuräumen. Es fiel ihr schwer. Sie beugte sich nach vorn und schützte den Schmerz unter ihrer Brust. Sie konnte nicht mit den Frauen lachen, nicht so laut, während der Schmerz sie immer wieder bedrohte. Sie schloß ihre Augen.

Mazvita schloß ihre Augen und sah den Staub über das ganze Gesicht der Frau verteilt. Die Frau war vom Fenster zu ihrem Platz zurückgekehrt. Die Frau folgte Mazvita in ihren Traum, in den Raum, in dem sie sich hatte verstecken wollen. Mazvita konnte die Frau nicht davon abhalten, ihr zu folgen. Sie dachte an den Soldaten, den sie durch das Fenster gesehen hatte. Der Soldat muß diese Frau erschossen haben, denn er hatte genau an dieser Straßenseite gestanden. Nein. Die Frau lebte noch. Es war nur sie, Mazvita, die ihre Augen geschlossen hatte, um die Frau fernzuhalten. Es hatte kein Soldat an der Straßenseite gestanden, und doch erinnerte Mazvita sich, daß der Soldat ein Gewehr getragen hatte. Wo war sie denn dann dem Soldaten begegnet? Mazvita spürte, wie sich mit ihrer Erinnerung eine benebelnde und schmerzhafte Bewegung in ihr rührte. Sie faltete ihre Brust und spürte, wie das Baby auf ihrem Rücken rutschte. Es war wichtig, die fremde Frau von ihr fernzuhalten. Die Frau blieb weit weg, jenseits Mazvitas geschlossenen Augen. Sie durfte nicht an die Frau denken. Die Frau war von dem Soldaten getötet worden. Der Soldat hatte sie getötet, nachdem … Mazvita konnte sich nicht an den Vorfall erinnern, nachdem die Frau ihrem Tod begegnet war. Sicher, die Frau war langsam gestorben. Mazvita versuchte, ruhig zu bleiben, auch wenn ihr Herz raste. Es dauerte nicht mehr lange, bis sie, Mazvita, aus dem Bus steigen konnte. Sie war in Sicherheit. Sie mußte die tote Frau von ihren Gedanken fernhalten. Staub fiel über das Haar der Frau, das so rot wie die Wolken draußen wurde.

Mazvita hatte während der Fahrt nicht gesprochen. Jetzt bewegte sie ihre Lippen langsam und unter Schmerzen, obwohl ihr niemand zuhörte, nicht einmal die Frau, die ihr in ihre Gedanken gefolgt war. Mazvita erzählte, daß sie auf den Bus wartete. Sie hatte nicht lange warten müssen. Mazvita erzählte von der Krawatte, die sie auf dem Bett hatte liegen lassen. Joel durfte seine Krawatte nicht vermissen. Sie konnte sich nicht erinnern, ob sie die Krawatte auf dem Bett oder auf dem Tisch hatte liegen lassen. Sie konnte sich nicht klar erinnern und spürte ihr Herz unter ihrer Brust klopfen. Vielleicht hatte sie die Krawatte mitgenommen. Wo war die Krawatte, wenn sie sie mitgenommen hatte? Sie hätte mit der Frau reden sollen, die ihr das weiße Tragetuch verkaufte. Sie war sicher, daß die Frau zugehört hätte. Sie sah, wie die Frau lächelte und ihr das zusammengelegte Tuch gab. Die Frau faltete das Tuch langsam und sorgfältig, als wüßte sie von der weiten Reise, die Mazvita machen mußte, bevor sie das Tuch wieder auseinanderfalten konnte. Mazvita nahm das Tuch entgegen und hielt es in einer Hand. Sie zog die Hand über ihre Brust. Sie wartete nicht lange, bis sie das Tuch auseinanderfaltete. Sie sah ihr Kind in jeder Falte des Tragetuchs, als es offen auf den Boden fiel. Mazvita bewegte ihre Lippen langsam, während sie sich an das auseinandergefaltete Tuch erinnerte. Sie hörte die Frauen im Hintergrund lachen und glaubte, es wäre ihre eigene Stimme, die in ihrer Erinnerung murmelte, leise und stumm murmelte.

Mazvita sah wieder die fremde Frau, die den Staub auf ihrem Gesicht trug. Mazvita wußte nicht, wie die Frau ihr gefolgt war durch all die Dinge, die sie sich selbst erzählt hatte, die sie mit ihren stillen Gesten ausgedrückt hatte. Dennoch hatte sie die ganze Zeit gespürt, daß die Frau da war und sie zu finden versuchte. Die Frau versuchte, die Dinge zu finden, die Mazvita nicht erzählt hatte. Mazvita sah, wie die Frau sich zu ihr beugte und ihr sagte, sie solle das Kind von ihrem Rücken nehmen. Mazvita hörte, wie der fürchterliche Schrei aus ihr herauskam, hörte, wie der Bus still wurde. Mazvita hatte nicht auf diese Weise erwachen wollen. Wieder weinte sie erschütternd. Die Frau sagte ihr, sie solle das Kind von ihrem Rücken befreien und es spielen lassen. Warum ließ sie das Kind nicht spielen. Sie war ihrem Kind eine grausame Frau, es so die ganze Zeit im Bus auf ihrem Rücken zu halten. Ein Kind sollte nicht so lange auf dem Rücken bleiben, in dieser Hitze. Wußte sie nicht, daß die Hitze ihr Kind umbringen konnte. Sie sollte zumindest die Windel vom Kopf des Babys nehmen. Mazvita sprach, die Frau sprach. Ihre Stimmen waren eine Stimme. Die Frau sprach mit Mazvitas Stimme. Mazvita hatte ihre Stimme lange nicht gehört, und sie war entsetzt, ihre eigene Stimme so klar und deutlich von der Frau zu hören. Mazvita lachte. Sie lachte mit der Stimme der Frau, die auch ihre eigene Stimme war. Mazvita schrie der Frau zu, sie solle schweigen, doch die Frau lehnte sich über ihren Sitz und wiederholte dieselben Worte mit derselben Stimme, die Mazvita gehörte.

Während die Frau sprach, während Mazvita sprach, spürte Mazvita ein entsetzliches Stechen unter ihren Brüsten. Ihre Lippen zitterten von dem Schrei, der sich aus ihrer Brust nach draußen ausbreitete. Er breitete sich unter ihren Augenlidern aus. Mazvita wußte, daß die Frau ihr Denken gestohlen hatte und es keinen Sinn machte, sich dagegen zu wehren. Mazvita antwortete, daß sie das Baby sehr bald losbinden würde. Mazvita antwortete mit zwei Stimmen, und beide Stimmen gehörten ihr. Dann spürte sie, wie die Frau sich nach vorn beugte und anfing, das Tragetuch zu lösen. Sie war tatsächlich eine mutige Frau. Sie hatte ein ungewöhnliches Feuer in ihren Augen, ein entschlossenes Stirnrunzeln. Mazvita ließ es zu, daß die Frau das Tuch aufknotete. Sie konnte dieser Entschlossenheit nicht standhalten. Schließlich war es ihre eigene Entschlossenheit. Sie fragte sich, warum sie etwas so Dummes tat: Einer fremden Frau zu erlauben, sie bloßzustellen, ihre Geheimmnisse aufzudecken, mit ihrer Stimme zu sprechen. Doch sie konnte nicht mehr kämpfen. Sie sehnte sich nach einem tröstenden, anonymen Gesicht. Sie sehnte sich danach, entdeckt zu werden, bestraft zu werden, aus dem Bus geworfen zu werden. Das würde besser für sie sein, als diese Reise fortzusetzen. Der Staub verteilte sich gleichmäßig über das Fenster in dichten, roten Wolken. Sie konnte diese Reise nicht überleben. Mazvita spürte, wie die Frau sie unter der Brust berührte. Die Arme gehörten Mazvita. Mazvita bewegte ihre eigenen Arme zu ihrer Brust. Sie legte ihre Finger auf den Knoten und ließ die Frau fortfahren. Sie würde der Frau nicht helfen, sie zu enthüllen. Mazvitas Körper bäumte sich gegen die Frau. Mazvita hatte das Tragetuch fest unter ihrem Bauch verknotet. Wieder spürte sie ein Beben in ihren Armen, und sie weinte schwach. Der Frau fiel es schwer, die Knoten zu lösen, und sie fluchte, während sie mit dem dicken Stoff kämpfte. Mazvita war entschlossen, der Frau nicht zu helfen, und sie klammerte ihre Finger um die Knoten. Mazvita schloß ihre Augen wieder und spürte, wie die Fremde das Kind befreite. Das Kind fiel von ihrem Rücken auf den Sitz, und diese Frau mit Staub im Gesicht, diese Frau, von der sie glaubte, sie wäre sie selbst, sagte ihr, sie solle ihr Kind festhalten. Mazvita nahm das Kind und hielt es in ihren Armen. Der Kopf des Kindes war weich geworden. Der Hals war breit geworden. Das Kind war auf ihrem Rücken gewachsen. Sie erkannte das Gesicht ihres Kindes nicht. Mazvita versuchte, den Hals ihres Kindes zu verstecken. Sie erzählte der fremden Frau, daß ihr Kind krank war. Ihr Kind sollte auf ihrem Rücken bleiben, wo es ruhig und sicher war. Die Frau nahm ihr das Kind weg und legte es an ihre eigene Brust. Sie würde das Kind nähren, denn es war hungrig. Warum hatte sie das Kind während ihrer langen Reise nicht genährt. Welches Kind konnte so tief schlafen, während es im Bus so laut war. Dann explodierte der Schrei in ihr wieder, und Mazvita öffnete ihre Augen und sah, daß ihre Finger die verknoteten Ränder des Tragetuchs umklammerten. Das Tuch war noch auf ihren Rücken gebunden. Der feste Knoten über ihrer Brust hatte sich nicht gelöst. Mazvita reichte vorsichtig nach hinten und fühlte, daß das Baby noch auf ihren Rücken gebunden war.

Mazvita drehte sich um und sah, daß die Frau ihr Gesicht mit ihrem Kopftuch abwischte. Das ließ die Männer noch lauter lachen, denn der Kopf der Frau war nun unbedeckt und ihr Haar war grau. Die Männer lachten über die Frau, weil ihr Haar grau war. Die Frauen lachten mit den Männern. Mazvita lachte mit den Frauen und den Männern. Ihr Lachen war ein Geheimnis, und heil.

Mazvita rieb sich langsam den Staub aus ihren eigenen Augenbrauen.

30

Mazvita saß am Rand des schmalen Betts und hielt ihre Hände fest zusammengelegt. Das Baby lag in der Mitte des Betts.

Mazvita nahm das Baby und legte eine kalte Handfläche auf seine Augen.

Sie wollte, daß das Baby seine Augen schloß. Mazvita weinte still, denn sie wußte, ihr Wunsch, das Baby schlafen zu lassen, war übel und unheilvoll. Ihr Herz klopfte so schnell von der Anstrengung, diese Bereitschaft zu unterdrücken, doch der Wunsch drängte sich ihr auf wie ein süßes Geheimnis. Sie dachte an Schlaf. Sie dachte an Einsamkeit und Schlaf. Das Gefühl war überwältigend. Sie zitterte bei dem Gedanken. Sie schloß ihre Augen und spürte, wie sich eine Wolke über ihre Schultern legte. Ihre Schultern fühlten sich schwer an. Sie öffnete ihre Augen und dachte an das Kind. Sie wollte das Kind vergessen und sich in der weichen Masse auf ihren Schultern verkriechen, in einen trägen Schlaf gleiten.

Sie sah das Baby an, das mit offenen Augen da lag. Wäre das Baby in dem Augenblick eingeschlafen, sie hätte sich von dem Wahnsinn erholt, mit dem sie noch einmal ihre Handfläche auf die Augen des Babys preßte. Mazvita war sich ihrer Gefahr noch bewußt. Das Baby hätte in dem Augenblick von sich aus einschlafen sollen, doch es schlief nicht ein. Sie drückte ihre rechte Handfläche sanft, noch einmal, auf das Baby. Sie spürte die warmen Augen des Kindes unter ihrer Handfläche.

Die Geste gab ihr eine maßlose und gewaltige Kraft, sich von diesem Baby zu befreien, sie trieb sie in eine gewaltsame, doch zielgerichtete Trance, während sie sich zu dem Baby hinbewegte und es vom Bett nahm, es langsam und endgültig nahm, es mit Schluchzen nahm, das ihren Körper zerriß, mit Schluchzen. Sie nahm das Baby langsam, als wollte sie es nicht wecken. Ihr Wunsch war, die Augen des Babys zu schließen, endgültig und aufrichtig. Mazvita suchte ihre Freiheit mit zarten und schwachen Bewegungen, präzise ausgeführt.

Mazvita sang langsam und liebevoll für das Baby, das ihres war, nicht ihres war, ihres war, nicht ihres war. Sie hielt inne, als wollte sie das Kind beruhigen, berührte es mit einem weichen Blick, als wollte sie es beschützen. Das Kind hatte tiefe, bodenlose Augen. Sie sehnte sich danach, die Augen ihres Kindes zu schließen, langsam und sanft. Der Gedanke löste in ihr eine unbeschwerte Zufriedenheit aus, war die jubelnde Verwirklichung einer Freude, flüchtig, aber echt. Freude lockte mit heiteren Wellen von Vergebung und Trost.

Mazvita nahm ein weiches, dünnes Tuch und legte es über die Augen des Kindes. Das Tuch roch nach Milch. Sie hatte das Tuch gebraucht, um dem Baby geronnene Milch aus den Mundwinkeln zu wischen. Das Tuch paßte um seinen Kopf, und sie konnte es hinten verknoten. Sie machte einen ganz weichen Knoten und bat das Kind flüsternd, stillzuhalten. Sie machte einen weichen, schmerzlosen Knoten, der dem Kind keinen Schaden zufügen würde. Das Kind hörte ihre langsamen, warnenden Bewegungen und hielt still. Das hier war ein Anfang. Wenn sie diese Aufgabe erfüllt hatte, würde sie genauer wissen, in welche Richtung sie weitergehen konnte. Sie fühlte sich begabt und erhaben, frei in all ihren Entscheidungen, in jeder Geste und Handlung, und sie atmete tief und nach innen und spürte, wie Luft in ihre Brust strömte. Sie hatte die Augen ihres Kindes geschlossen. Sie gewann ihren Atem mit mehreren kurzen Zügen zurück.

Sie beugte sich vor und betrachtete das Gesicht des Kindes lange und musternd. Mazvita bewegte sich noch einmal vor, zum Kind hin. Wasser brach auf ihrer Stirn aus und fiel auf die Augen des Kindes, die bedeckt waren. Es tropfte auf das Milchtuch. Das Tuch war feucht von dem Wasser ihrer Stirn. Mazvita bemerkte das Feuchte und spürte, wie ihr in dem stillen Zimmer eine tiefe Einsamkeit begegnete. Sie stand vom Bett auf mit langsamen, gleichmäßigen Schritten, ließ das Kind liegen.

Sie kehrte zum Bett zurück und setzte sich. Ihre Arme bewegten sich auf das Kind zu.

Sie war allein. Sie fühlte sich irgendwie bedroht, verstand aber die Zusammenhänge ihrer Qual nicht. Sie wußte nur, daß ihre Arme warteten und daß das Feuchte auf den Augen des Kindes von ihr kam. Das Baby gehörte ihr, und sie war allein. Sie flüsterte leise, von ihrer Einsamkeit.

Ihre Arme warteten auf das Kind.

Sie saß da und hielt das Baby mit den verbundenen Augen in ihren Armen. Mazvita sah sich suchend im Zimmer um. Sie erinnerte sich nicht genau, ob sie früher schon in diesem Zimmer gewesen war, auch wenn es ihr bekannt vorkam. Sie sah sich um und wußte, daß der Augenblick lebenswichtig war und sie ihn nicht vorübergehen lassen durfte, ohne etwas zu ihrer Erlösung daraus zu gewinnen. Nicht, wenn der Augenblick auf diese Weise eingetroffen war, wie Schlaf. Das Baby entspannte in Mazvitas fester Umarmung, vielleicht hatte es endlich die Augen geschlossen. Aber Mazvita verpaßte das hilfsbereite Signal von dem Baby, denn sie war bereits weit, weit weg gewandert. Sie hatte einen völlig neuen Horizont entdeckt und erreicht.

Ihre Entschlossenheit war erstaunlich. Sie stand außerhalb ihres Wunsches, außerhalb ihrer selbst. Sie stand und wandte ihren Kopf weg von der Zeremonie ihrer Freiheit, von dem Ritual der Trennung. Sie sah ihre wilden Handlungen nicht, sah nicht ihre aufgerissenen Augen, ihre zusammengekniffenen Brauen, ihr verzerrtes Gesicht, ihre lang ausgestreckten Arme, ihre steifen Schultern. Sie verwechselte ihren Entschluß mit Freundlichkeit. Sie sah ihre Tränen nicht, dennoch weinte sie verzweifelt, während ihre Phantasie triumphierte und sie die Dinge ablehnte, die von ihr kamen, aus ihrem Körper kamen. Ihre Stirn legte sich in Falten. Wasser fiel von ihrer Stirn in ihre Augen, und machte sie blind.

Ihre Ablehnung war unerwartet und heftig und vollständig. Sie stand auf und balancierte das Baby auf ihrem Arm. Sie nahm eine schwarze Krawatte von einem Regal in der Ecke des Zimmers und legte sie um den Hals des Kindes. Die Krawatte lag am Kind wie eine große Schlaufe; sie hätte in einer anderen Situation darüber lachen müssen. Sie zögerte nicht. Sie nahm sich ihren Traum und ihre Freiheit. Sie war beflügelt und leidenschaftlich. Sie zog das untere Ende der Krawatte um den Hals des Babys. Sie zerrte an dem Stoff, während das Baby blind war und vertraute. Sie riß heftig und unerschütterlich, obwohl es sie erstickte und erblindete und ihr den Rücken brach. Es war kühn, dieses Zerren an dem Stoff, und sie hörte nicht auf, bis es keinen Stoff mehr gab, an dem sie zerren konnte, weil der Stoff zu einem engen Kreis geworden war, dem kleinsten Kreis denkbar, und sie ihre Kühnheit nicht länger brauchte. Sie brauchte ihre Kühnheit nicht länger, denn ihre Kühnheit hatte eine fürchterliche Stille ins Zimmer gebracht. Es gab keine Bewegung mehr, keine Bewegung, auch nicht in ihren eigenen Armen. Zuerst bemerkte sie das Reglose in ihren Armen. Sie bemerkte ihre Arme.

Bestürzt und sich selbst von außen sehend, erinnerte sie sich an das, was sie diesem Kind angetan hatte. In dem einengenden Knoten, den sie zustande gebracht hatte, konnte das Kind nicht überleben. Sie spürte, wie der Hals brach und über ihr Handgelenk fiel. Sie spürte, wie der Knochen unten am Hals ihr mitteilte, daß das Kind gestorben war. Der Knochen brach leise. Dieses Geräusch hallte lange, nachdem sie es gehört hatte, nach. Der Hals war gebrochen. Dennoch hielt sie den Knoten fest zwischen ihren Fingern, noch ein bißchen länger. Sie ließ den Knoten los. Der Kopf schwang zurück und fiel auf ihre Handfläche, weil sie ihn gebrochen hatte. Sie hatte ihrem Kind den Hals gebrochen.

Der Kopf fiel nach vorn, und sie konnte ihn von oben sehen. Sie sah den weichen Teil ihres Kindes, auf dem noch keine Haare gewachsen waren. Sie strich mit einer kalten Hand über diesen weichen, sterbenden Teil und konnte das Weiche noch spüren. Er war nach innen gesunken, dieser weiche Teil. Er war bloß und unbeschützt. Keine Haare waren darauf gewachsen. Er war bloß, der weiche Teil ihres Kindes, wo noch keine Haare gewachsen waren. Weich und sterbend. Sie hielt das Weiche sanft in ihrer Hand. Der Hals war gebrochen. Ihr Blick, mit dem sie das Gesicht des Kindes hielt, war tröstend und ruhig. Sie sehnte sich zärtlich nach dem Haar, das sie nicht gesehen hatte.

Sie ließ das Tuch auf den Augen des Kindes liegen und legte es zurück auf das Bett, wo sie begonnen hatte. Sie versuchte den Weg zu entdecken, den sie zu diesem Grauen gegangen war, doch die Erinnerung versteckte sich vor ihr. Dann kam sie hervor wie Blitze einer unermeßlichen und schweren Schuld. Ihre Finger fühlten sich kalt und abgetrennt an. Sie saß in einer schmerzhaften Isolation, überzeugt, daß das, was passiert war, nicht wahr war. Dennoch, warum waren die Augen des Kindes verbunden, wann hatte sie das getan? Dieser ungewöhnliche Anblick bestätigte das Grauen in ihrem Kopf. Ein Berg wuchs in ihrem Kopf.

Sie war verantwortlich für die grauenhafte Wahrheit ihrer Handlung, die sie nicht wiedergutmachen konnte. Sie hielt ihren Atem an, in ihrer Brust. Es lag ein Brennen auf ihrer Zunge. Ihre Zunge schien in ihrem Mund zu wachsen, schien groß und unkenntlich zu werden. Sie konnte nicht mehr sauber und regelmäßig atmen. Bitterkeit verteilte sich in ihrem Gesicht, in ihren Augen. Sie schloß ihre Augen und versuchte angestrengt, ihre Gedanken an das Kind zu sammeln. Sie wollte nicht an das Kind denken. Sie dachte an das Kind.

Sie saß still und verwundert. Sie stand auf. Ihre Füße waren schwer, doch sie ging einen Schritt vorwärts, schleppte sich zurück zum Kind. Ihre Ellenbogen schmerzten stark. Sie fiel vornüber, in die Nähe des Babys. Sie sank zusammen auf dem Bett, streckte ihren Hals vor und erhob ihre Arme. Die Handlung war unerträglich. Sie nahm dem Kind das Tuch von den Augen. Die Augen waren friedlich geschlossen, es schlief. Sie freute sich beinahe, denn sie erinnerte sich an einen Augenblick, in dem sie sich diesen gewöhnlichen Zustand gewünscht hatte. Sie erinnerte sich an einen solchen Augenblick. Das Kind hatte seine Augen gern geschlossen. Die geschlossenen Augen waren gut, doch sie sah, daß der Hals nach unten auf seine Brust gesunken war. Der Hals war gebrochen.

Vielleicht war das Kind nicht tot. Sie trug das Baby auf ihrem Rücken. Das Kind war gern auf ihrem Rükken. Es blieb still, während Mazvita mit leisen Schritten durch das Zimmer ging. Mazvita ging auf und ab neben dem Bett. Sie sang leise, ihre Lippen waren leicht geschürzt. Sie sang mit stummen Tönen, mit erstickten und verwirrten Schreien, flehend, und hoffte, das Kind würde sich bewegen. Sie spürte, wie der kleine Kopf auf ihre linke Schulter glitt, und die Bewegung war still und vertraut. Das Kind war eingeschlafen. Sie mußte das Kind gerade halten, denn es war in dieser unbeholfenen Position eingeschlafen, und so beugte sie ihren Rücken und lehnte sich vor, bis das Baby bequem lag, und stützte es mit ihrem Tuch. Sie konnte seinen Kopf an ihrem Rücken mit dem Tuch hochhalten, und sie ging in dem Zimmer hin und her, damit das Baby schlafen konnte.

Sie sang ein stilles Schlaflied, zu dem es keine Worte gab. Sie sang von sterbenden Pilzen, den Pilzen, die sie gefunden hatte. Dann beugte sie sich noch einmal vor und band das Tuch los. Das Baby sank nach unten und lag an ihrem Rücken. Sie spürte seine schweigenden Finger unter ihren Armen.

Sie hatte eine wankende Vision wahr gemacht. Sie konnte noch mutige Aussagen machen. Sie würde ihr Kind in Mubaira begraben, dann würde sie sterben. Sie würde zu Nyenyedzi gehen und ihm sein Kind geben. Es war sein Kind. Sie ließ die Krawatte auf dem Bett liegen, für Joel. Die Krawatte gehörte Joel. Er durfte sie nicht vermissen. Sie fand den Busbahnhof, an dem sie erst vor wenigen Monaten angekommen war.

Sie fiel in Klumpen, die Milch. Sie fiel dem Baby aus dem Mund.

31

Der Bus fuhr immer weiter.

Jedes Geräusch schien ihr zuzuhören, obwohl sie diejenige war, die zuhörte; ein seltenes, schmerzliches Zuhören, das ihr über den Rücken kroch, reglos blieb, so schmerzlich reglos, daß es sie tief aufschluchzen ließ, und das Schluchzen an ihren Schultern zerbrach, zitternd zu ihren Füßen glitt, und sie spürte, wie ihre Zehen kalt wurden, kalt und steif wurden. Sie ging in einen bodenlosen Schmerz hinein, in dem sie schwitzte und nach einer Mondscheibe schluchzte, die sie heilen könnte, nicht widerwillig, sondern mit überschäumendem, jubilierendem Mitgefühl. Bodenlos, dieser Schmerz, kalt und reglos.

Es war das Reglose auf ihrem Rücken, anhänglich und beharrlich, das sie beunruhigte, sie erstickte, wie ein kurzes, schmerzliches Echo an ihrer Brust zerrte, ihre Lippen in berstenden, schwarzen Lehm verwandelte, klebrig und kalt. Sie spürte, wie ihre Augen in die Dunkelheit sanken, die sich irgendwo hinter ihrer Stirn, hinter ihren Augenbrauen gesammelt hatte. Eine reglose, kalte Dunkelheit, in der es, das wußte sie, keine Ruhe gab.

Ihr Rücken war feucht und schwer. Das Reglose rief nach ihr, leise, kalt. Sie spürte, wie ihre Zehen sich verkrampften und starr wurden, spürte, wie ihre Nägel rissen und reißend ihre Haut verletzten, spürte, wie ihre Fußgelenke tief und heiß brannten, umgeben von einer Flamme, von der sie keine Vorstellung hatte. Und sie blickte starr geradeaus, versuchte, sich vor den Geräuschen zu verstecken, die sie mit fröhlicher Gleichgültigkeit umgaben, Geschichten erzählten, unbeschwert, nicht wie sie, die solch ein Gewicht auf ihrem Rücken trug. Sie hörte jedes Geräusch in ihren Gedanken, und weinte langsam und tief um das Reglose auf ihrem Rücken, das schwere, kalte Regungslose, das sie umarmte, seine Arme um sie legte mit kleinen, kalten Fingern, so kalt und klein. Sie legte sich an ihr Rückgrat, die Kälte, und versuchte, sie zu täuschen, denn an ihrem Rücken flackerten Flammen.

Eine kleine, rote Flamme wuchs an ihrem Rücken wie Leben. Sie wußte mehr als diese lodernde Welle, sie wußte, was hinter ihr lag. Die Kälte, die schwerer war als die Hitze, denn die Hitze war leicht. Sie war nicht so leicht wie Blütenblätter oder Sonnenschein oder Träumereien. Sie war leicht wie brennende Haut. Sie war schwer.

Der Bus war voll. Sie hörte jedes Geräusch in diesem überfüllten Bus, aber etwas, das größer war als sie selbst, hörte ihr zu, hörte sie, verachtete ihr Leiden. Es war spöttisch und spielerisch, und sie wagte nicht, es zu entdecken. Es hetzte und triumphierte, war riesig und scharf. Unmöglich, daß sie so gelitten hatte ohne irgendwelche Zuschauer. Sie hatte wenigstens ein Ohr für ihr Geheimnis verdient.

Mazvita glaubte, einen leisen, verhaltenen Atem zu hören, der ihr den Rücken streichelte, eine gleitende, sich ausdehnende Feuchtigkeit, wie Tränen, warm und bittend.

Dann geriet sie in Panik, denn sie wußte, das dies nicht das Leben war, sondern der Tod.

32

Es ist gestern.

Die Bäume sind von Schoten schwer. Es sind keine Blätter an den Bäumen, nur gewundene, lange Schoten. Die Blätter sind heruntergefallen. Die Bäume erklingen im Wind, der gegen die Äste stößt und die Schoten aneinanderschlägt. Ein trockenes Geräusch, dann raschelnde Stille, laut, zwischen den hängenden Schoten und den leeren Ästen. Mazvita sieht auf. Die Schoten sind lang und oval zwischen den kahlen Ästen, groß und voll dichter Saatkörner. Blätter fallen durch die trockene Luft, wirbeln in die Gräser mit einem Versprechen, zu wachsen. Sie schaut auf und sieht eine lilafarbene Blüte, versteckt zwischen den trockenen, hängenden Ästen, beschützt bis zur nächsten Blütezeit. Die Blüte liegt in einem kahlen, gequälten Baum, der überlebt, der Wind und rüttelnden Schoten standhält. Die Bäume werden lang und strecken sich am Himmel, ihre Rinde fällt herunter und faltet sich am Boden. Die Bäume wachsen in den Himmel. Mazvita geht über einen schmalen Fußweg zwischen den Hügeln. Früher muß sie auf ähnliche Weise aufgesehen haben, genau so, und dabei gelernt haben, zu vergessen, ungeschützt und besorgt.

Würde sie die Angst nicht kennen, sie könnte hier anfangen, ohne Namen. Es ist hinderlich, einen Namen zu haben. Er ist ein Anker. Er trägt Figuren in ihre Erinnerung. Er erinnert sie an diesen Ort, den sie früher hat vergessen wollen. Mit Namen tritt eine ganze Kindheit hervor, Gesichter, die näher kommen und sie berühren. Sie möchte die Namen vergessen, die ihren

Namen rufen, dann könnten die Hügel ihr einen ganz neuen Namen geben. Sie hätte gern ohne Namen begonnen, tonlos und ohne Schmerz. Sie hat Angst. Sie hatte einen schlechten Anfang, zu viel Vergeltung. Sie sieht ihre Mutter. Alt kommt sie auf sie zu und ruft: »Mazvita!«

Mazvita schaut auf und sieht die Felsen, viele und kleine Felsen, tief in dem Tal, tiefgrau, und Steine liegen zwischen Hügeln aus Erde und kahlen Bäumen. Die Steine liegen am Himmel, denn der Himmel verschluckt alles, zerrt einen herauf, zerrt an den Augen. Die Hügel sind hoch, und der Himmel wächst aus den Bergen. Die Berge bedrängen sie, drängen sie vom Weg in das verbrannte Gras. Neues Gras wächst über das verbrannte Gras. Die Felsen stürzen vom Berg. Es ist nicht friedlich, doch der Himmel läßt die Felsen harmlos aussehen – Nebel wächst über die Hügel und bedeckt die Felsen. Mazvita findet den Weg wieder. Der Nebel füllt ihre Augen und versteckt den Himmel. Der Nebel ist der Himmel. Der Nebel ist blau wie der Himmel, doch sie weiß, es ist nicht der Himmel, es ist der Nebel. Der Nebel ist der Himmel und die Felsen an dem Hügel. Der Himmel stürzt und fällt. Der Nebel breitet sich aus und faltet sich über die Berge und über die fallenden Felsen. Sie geht in einem Gemisch aus Nebel und Felsen, der Himmel fällt über ihre Schultern, läuft von den Bergen, über ihren Kopf.

Es ist gestern. Mazvita sieht den Rauch und die Hügel. Die Hütten drängen sich an die Hügel. Sie sind zwischen die Felsen gebaut und mit verschlungenen Wegen und dornigen Gräben verbunden. Die Hütten sind in dem Rauch begraben. Mazvita geht langsam auf die Hütten zu, auf den Rauch zu. Der Rauch verschmutzt den Horizont.

Es ist gestern.

Das Dorf ist verschwunden. Mazvita riecht das verbrannte Gras, auch wenn das meiste vom Regen weggespült worden ist. Die Erde ist schwarz vom verbrannten Gras. Mazvita sammelt das brennende Gras. Sie wird das brennende Gras mitnehmen. Sie wird die Stimmen mitnehmen, an die dieser Ort, das brennende Gras, sie erinnern. Sie hat die Stimmen nicht vergessen. Die zusammengefallenen Hütten sind dunkel vom Rauch, und der Nebel legt sich sanft über die leeren Wände. Mazvita geht zu den Hütten. Der Rauch ist schon lange verschwunden, doch Mazvita sieht ihn über den Hütten, die verbrannt worden sind. Es ist gestern. Mazvita geht mit sanften Schritten, die sie zu ihrem Anfang führen. Mazvita beugt sich vor und nimmt das Baby von ihrem Rücken, in ihre Arme.

Die Stille ist tief, hohl und einsam.

Literatur aus Afrika im Unionsverlag

Tahar Ben Jelloun **Das Gebet für den Abwesenden**
Eine geheimnisvolle Reisegesellschaft zieht von Fès durch ein mythisches Marokko in das Land der majestätischen Sandflächen: Sindibad, Gelehrter mit wachem Verstand, der an einer unglücklichen Liebe zerbrach, Boby, der lieber ein Hund wäre, und Yamna, die ehemalige Prostituierte.

Assia Djebar **Weit ist mein Gefängnis**
Dieser Roman wächst aus dem Raunen der Frauen und dringt in vergangene Epochen vor. Jede Welt öffnet eine Tür, und dahinter liegt eine noch ältere verborgen. Assia Djebar erschließt autobiographisch als auch historisch das Algerien, das tief in ihr verborgen liegt.

Giselher W. Hoffmann **Die Erstgeborenen**
Ein einfühlsamer, spannender und anspruchsvoller Abenteuerroman über Leben und Überleben eines Naturvolkes in der Kalahari-Wüste.

Nagib Machfus **Die Nacht der Tausend Nächte**
Am Morgen der Tausendundersten Nacht übernimmt Machfus von Schehrezad den Erzählfaden und spinnt ihn weiter: von einem grüblerischen Sultan, vom Widerwillen Schehrezads vor ihrem blutbefleckten Gatten. Von Geistern und Dämonen, die mit den Menschen spielen und sie auf die Probe stellen. Vom Schneider Maruf, der Wunder vollbringt und gar nicht weiß, warum, und von Sindbad, der im Kaffeehaus seine Abenteuer erzählt.

Das Zuckerrohr der Königin
Keine menschliche Regung ist diesen Geschichten, Märchen und Mythen fremd. Unbefangen berichten sie nur von dem einen: von der Liebe, ihrem unbeschwerten Genuß und der phantasievollen Beseitigung ihrer Hindernisse.
